Elfenrose

Elfen kennen
keine Rosen.

Sie sind zutiefst ergriffen
von der unermesslichen Schönheit
einer Rose.

Wenn aber Dornen
ihre Haut verletzen,
geschehen Dinge,
die nicht geschehen dürften.

Denn Elfenblut
ist das Blut der Zeit.

Heinz-Theodor Gremme

Elfenrose
Am Ende der Zeit

Fantasy-Kurzroman

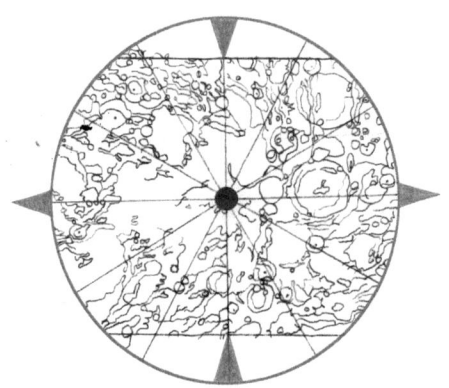

Bibliografische Information der Deutschen National-bibliothek:
Die Deutsche Nationalbibliothek verzeichnet diese Publikation in der Deutschen Nationalbibliografie; detaillierte bibliografische Daten sind im Internet über http://dnb.dnb.de abrufbar.

© 2016 Heinz-Theodor Gremme

Umschlagbild: Heinz-Theodor Gremme

Herstellung und Verlag: BoD – Books on Demand, Norderstedt

ISBN: 9783741238260

Inhaltsverzeichnis

	Seite
Vorwort	07
Prolog	10
Elka, Igor und Luise	11
Der Traum	13
Feuer und Eis	16
Eiki	19
Das Symbol	23
Der Schmerz	32
Der Torschlüssel	39
Die andere Seite	42
Nayi	44
Das Licht	47
Marana	54
Die Dunkelheit	59
Die Zeit	67

Die Rose	69
Die Hoffnung	73
Freier Fall	75
Das Orchester der Planeten und Sterne	79
Arnes	85
Vorgedanken zu einem Drehbuch	**88**
Danke	93
Eine kleine Episode zum Schluss	94
Bücher und Filme	96

Vorwort

Dieser kleine Roman entstand im Hinblick auf eine Umsetzung in ein Drehbuch im Rahmen meiner Ausbildung zum Drehbuchautor am Institut für Lernsysteme in Hamburg (ILS), Bereich Lehrinstitut für Kreativität und Medien (2016 bis 2017).

Es lag mir sehr am Herzen, diese Geschichte zu schreiben mit ihrer Message, mit ganz wenig letztlich sehr viel zu erreichen. Es haben schon viele bewiesen, dass es geht. Warum sollte das also nicht auch mit ein klein wenig Hilfsbereitschaft, Güte, einem Lächeln und Herzenswärme funktionieren? Trägt jeder nur so viel bei, wie es im Rahmen seiner Möglichkeiten liegt, dann tut es auch niemandem weh. Niemand kann die Welt alleine retten, und das muss auch niemand tun, aber wenn sich jeder nur ein wenig **wirklich** einbringt, ist das unendlich viel, und diese Welt wird dann ganz sicher eine andere!

Im Moment hat man das Gefühl, wenn man den Fernseher einschaltet, dass die Welt gerade aus den Fugen gerät. Die meisten Leute, die ich kenne, und auch mich bedrückt und beschäftigt das sehr. Ich wollte mein Anliegen in einer kleinen Geschichte verpacken, ohne zu moralisieren – letzteres ist nicht gerade einfach. Da ich gern kleine Fantasy-Geschichten schreibe, ging das mit einer solchen Geschichte für mich am einfachsten. Es begann seltsamerweise mit dem Ende der Geschichte – ich hatte ein meiner Meinung nach tolles Ende und einen tollen Anfang gefunden, der den Spannungsbogen schnell hochzieht. Beides brachte ich in einer Rohversion zu Papier, die aber noch einen gewissen Freiraum für Veränderungen bot. Natürlich

wusste ich schon grob, was im Mittelteil passieren sollte, aber die Worte waren dafür noch nicht erschaffen. Ich lief wochenlang recht ratlos herum, ohne diesen Part schreiben zu können. Es war, als wenn dem Herzen noch etwas fehlt, das erst noch geboren werden musste. Es war der kritischste Punk des ganzen Projektes – ich hatte hier wirklich noch die grandiose Chance, alles zu vermasseln!
Ich folgte im Kern der Grundidee der allerersten Siamsarah-Geschichte, aber es sollte anders verlaufen. Siamsarah, eine Elfe, sieht sich in jedem Jahr aufs Neue die Menschenwelt an und hat die unglaublich schwere Aufgabe, durch das Spielen oder Nichtspielen einer magischen Flöte zu entscheiden, ob die Menschheit noch ein weiteres Jahr existieren darf. Jetzt sollte es noch dichter und näher werden. In allen elf bisher geschriebenen Siamsarah-Geschichten passieren fast immer Dinge, die die Welt an den Rand des Untergangs bringen, aber letztlich spielt Siamsarah ihre Flöte doch! Ja, eben weil es immer wieder Hoffnung gab. Wie wird sie sich in dieser Geschichte, in der sie nicht Siamsarah, sondern Elka heißt, entscheiden? Entscheidet sie sich, nicht zu spielen, verschlingt das *Nichts* die Welt, nachdem auch die *Elfe der Zeit* gestorben ist und somit die Zeit selbst endet. Getreu dem Motto: Wer nicht liebt, existiert auch nicht! Aber es bedeutet gleichzeitig das Ende des Elfenreiches, das mit der Menschenwelt letztlich untrennbar verbunden ist. Und diesmal ist ein Menschenwesen, Eiki, der Träger der Hoffnung. Aber kann dies gelingen?
Außerdem lässt mich das Medium Film nicht mehr los, seitdem der bekannte Naturfilmer Robin Jähne[1],

---

[1] www.robinjaehne.de

dem Fantasy-Geschichten ebenfalls sehr gefallen, meine beiden Geschichten *Ta`Saghi* und *Siamsarah – die Elfe der Morgendämmerung* als eine Art Video-Hörbuch so zauberhaft verfilmt hatte. Diesmal ging mir aber ein richtiger Spielfilm durch den Kopf, ein Kurzfilm von vielleicht 40, 45 oder 60 Minuten. Natürlich ließe sich vom Stoff her auch eine Kinofilm-Version daraus machen, also eine 90-Minuten-Fassung, keine Frage.

Ich hatte aber nicht die geringste Ahnung, wie man Drehbücher schreibt, also entschloss ich mich 2016 zu einem Studium zum Drehbuchautor. Aus diesem kleinen Roman möchte ich einmal selbst ein Drehbuch machen! Im Text gibt es deswegen auch schon einige drehbuchorientierte Fußnoten. Es handelt sich also eigentlich nur um ein kleines Übungsprojekt. Mal sehen was so daraus wird…

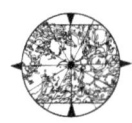

Robin Jähne findet man auch bei wikipedia.

Prolog

So steht es in einem sehr alten Buch,
das einst jenseits der Zeit geschrieben wurde:

*Suche niemals nach einer Elfe!
Du könntest einer begegnen!*

*Sieh niemals eine Elfe länger
als einen Augenblick an!
Du kannst sonst nicht mehr
den Blick von ihr abwenden!*

*Und sieh niemals einer Elfe
im Mondlicht in die Augen!
Du fällst sonst hinein!*

Und findest nie mehr zurück!

*Sie nimmt dich mit auf eine Reise,
die Du nie wieder vergessen kannst!*

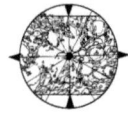

Elka, Igor und Luise

Kater Igor war voll elektrisch. Alle Nerven vibrierten. Er war sich seiner Sache absolut sicher. Drei Sekunden, vielleicht vier trennten ihn von einer saftigen Zwischenmahlzeit. Er hatte sie im Visier. Der Sprung war berechnet.
Die kleine Maus mit dem glänzenden braunen Fell und den schönen schwarzen Knopfaugen knabberte mit Hochgenuss an der Rosine, die sie auf der Küchenarbeitsplatte gefunden hatte. In diesem Zustand höchster Verzückung gab es nur noch diese köstliche Rosine und nichts anderes mehr.
Igors Hinterteil wackelte ein wenig, dann sprang er. Während er im Flug war, schien sich der Ablauf der Zeit etwas zu verlangsamen. Zwei schöne Mädchenhände umschlossen blitzschnell die kleine, völlig in Genuss versunkene Maus und zogen sie von der Arbeitsplatte. Igor landete nun an genau vorausberechneter Stelle, nur dort war keine saftige Zwischenmahlzeit mehr. Katzenkrallen finden nun mal nicht besonders gut Halt auf glatten Küchenarbeitsplatten, und so sauste er ungebremst weiter. Das für die Salatwäsche mit Wasser gefüllte Spülbecken kam für Igor unaufhaltsam näher. Die Gesetze der Physik galten auch für ihn. Eine einmal in Bewegung gesetzte Masse – und Igor hatte jede Menge davon – hatte einen gewissen Bremsweg, nur der war hier nicht vorhanden. Mit großem Gefauche, Geknurre und Gezeter sauste Igor in das durch die enorme Wasserverdrängung überschwappende Becken. Erstaunlich, wie dünn eine Katze wirkt, wenn sie komplett nass ist.

„Das geschieht dir nur recht!", sagte Elka vorwurfsvoll und ein wenig empört zu Igor, dem es gerade gelang, mit einem beherzten Satz dieser peinlichen Situation zu entkommen. [2]
„Und nun zu dir Luise! – Du solltest auch beim Fressen das Gehirn einschalten! Mit geschlossenen Augen fressen darfst du nur in deinem geschützten Bau – das weißt du eigentlich auch!"
Elka betrachtete die kleine Maus in ihrer geöffneten Hand, die nun die Reste der Rosine verputzte, und meinte leise und geradezu liebevoll: „Süß-Sein schützt nicht vor dem Gefressen-Werden, Luise."[3]
Naja, das galt schließlich auch für die Rosine.

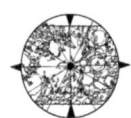

---

[2] Hier überlege ich wirklich noch, ob das Becken im Drehbuch voll oder leer ist, denn selbst einem routinierten, professionellen Film-Kater möchte ich so etwas nicht gerne antun. Ich mag Katzen total. Aber ich mag auch Mäuse – ich habe Rennmäuse zu Hause, die echt schräg und supergut drauf sind. – Hmm, aber ein leeres Becken wäre hier wie eine Suppe ohne Salz – also wird das Becken voll sein! Igor kann sich ja in der für ihn so schmachvollen Endphase eines Sprungs durch ein animiertes Double vertreten lassen. Also schon hier: Fragen über Fragen! ☺

[3] Da haben wir sie gleich, wie empfohlen zu Anfang, die berühmte *Katzenrettungsszene*, die Blake Snyder so wundervoll in seinem Buch über das Drehbuchschreiben *„Rette die Katze"* beschreibt, um den Zuschauer für den bis dahin noch völlig uneinschätzbaren Protagonisten (hier Elka) einzunehmen. Nur wird hier aber nicht die Katze gerettet, sondern die Maus. ☺ Es macht übrigens großen Spaß, die *Katzenrettungsszene* in anderen Filmen zu finden – ich finde sie fast immer sofort, sofern es sie gibt.

Der Traum

Eiki hatte einen immer wiederkehrenden Traum in jeder Vollmondnacht, und das nun schon seit fast einem Jahr. Aus diesem Traum wachte er meist mitten in der Nacht schweißnass auf und zitterte am ganzen Körper. Dies war einer jener Träume, die so erschreckend und faszinierend real wirkten. In diesen Träumen war alles wie in der Realität, nur dass Eiki genau wusste, dass es ein Traum war. In diesem Zustand konnte er aktiv denken und handeln, so wie er wollte. Er konnte Bücher aus einem Bücherregal ziehen, sie aufschlagen und ganz deutlich darin lesen. Und das Gelesene machte Sinn, es war nicht ein wirres Durcheinander, wie sonst in Träumen üblich. Für sich selbst nannte er diese Träume Realträume.

Vor einiger Zeit hatte er in einem solchen Traum kristallklar erkannt, dass es sie tatsächlich gab, die Parallelwelten, in denen fast alles genauso war wie hier und doch nur ein klein wenig anders. Er hatte es selbst erlebt – sein Geburtshaus hatte in der hiesigen Welt im ersten Stock eine gemütliche Küche mit einem kleinen doppelflügeligen Fenster mit Fensterkreuzen. In der Parallelwelt hingegen, die er im Traum als absolut reale Welt gesehen hatte und in der er sich frei bewegen konnte, war dort kein Fenster, sondern eine Tür zu einem Arbeitszimmer mit einem Schreibtisch und vielen Bücherregalen an den Wänden.

Aber sein immer wiederkehrender Traum spielte nicht in einer Parallelwelt, sondern in einer anderen Welt – einer ganz anderen, einer völlig eigenständigen Welt. Es gab dort eine wirklich erschütternde, grauenvolle Szene, die er mehr fürchtete als alles andere in der realen Welt oder in all seinen anderen Träumen zusammen. Sie spielte in einer trostlosen, düsteren Umgebung an einem toten See in einer Welt ohne Hoffnung, ohne Licht, ohne Wärme.

Der Himmel war nicht mehr blau, obwohl er das einst gewesen war. Dunkles Gewölk überzog ihn, es war eiskalt und es regnete und stürmte. Es roch nach Fäulnis und Moder. Eine leise, kleine Stimme drang durch die Geräusche des Sturms. Diese Stimme war nicht mehr in der Lage, Worte zu sprechen – es war ein leises, schmerzerfülltes Schluchzen und Weinen.

Eiki kletterte über die Felsen, er rutschte auf den nassen, glitschigen Steinen mehrfach aus und stürzte auch einige Male, wobei er sich blutige Hände holte, als er sich abstützen wollte. Die Felsen waren nicht nur glitschig, sondern auch sehr scharfkantig.

Als er um einen Felsen herumgeklettert war, entdeckte er dort auf dem Boden, halb an den Felsen gelehnt, eine Elfe, die einen so schlimmen Anblick bot, dass Eiki vor Schreck aufschrie. Sie war barfuß wie alle Elfen, hatte aber blutige Füße und schlimme, tiefe Schrammen überall, wo man Haut sehen konnte. Ihr Gewand war schmutzig und von Blutflecken übersät. Sie sah Eiki aus sehr großen, schreckgeweiteten Augen an. Ihr überirdisch schönes Gesicht war tränennass und so blass wie weißer Marmor. Eiki kniete sofort neben ihr nieder und sah sie wie erstarrt an.

„Diese Welt stirbt!", sprach die schöne Elfe leise unter Tränen und Schmerzen. Eiki hatte noch nie ein traurigeres Wesen mit so großer Hoffnungslosigkeit in den Augen gesehen. Eiki war verzweifelt, hilflos, bestürzt – er konnte nichts tun, oder vielleicht doch?

Hier wurde er wie immer wach und sein Gesicht war tränennass. Er sah noch die großen, schönen, doch abgrundtief traurigen Augen der sterbenden Elfe vor sich. Und er sah immer noch die sterbende Welt.

Dann stand er auf und ging unter die Dusche, die er langsam wärmer drehte, bis das Wasser so heiß war, dass er endlich aufhörte zu frieren. Der Frost, der tief während seines Traums in seine Seele eingedrungen war, ließ sich nur langsam vertreiben.

Der volle Mond schien dann oft durch das Fenster auf sein Bett. Eiki hätte die Vorhänge schließen können, aber das brachte er irgendwie nicht fertig – er konnte es nicht erklären – es war etwas, das stärker war als er. Er liebte den Mond, sein sanftes Silberlicht, das alle Kanten sanft zu glätten schien.

Eiki traute sich erst nach einer Weile wieder, ins Bett zu gehen, obwohl er genau wusste, dass sein Traum nur einmal in jeder Vollmondnacht zu ihm kam. Es half auch nichts, sich vorzunehmen, in der Vollmondnacht gar nicht zu schlafen. Ganz gleich, wo er auch war, er schlief irgendwann trotz aller Gegenbemühungen ein und der Traum kam zu ihm – unausweichlich, unbarmherzig.[4]

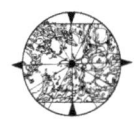

---

[4] Erst nach *„Der Traum"* wird der Vorspann zu *„Feuer und Eis"* laufen im Drehbuch.

Feuer und Eis

Ja, dieser Ort war so etwas wie das Ende der Welt – eines von vielen möglichen Enden der Welt, einsam, bizarr, aber von einer atemberaubenden Schönheit, die eigentlich so nur in Träumen vorkommt. Die Wellen des Meeres brachen sich am Strand an leuchtend blauen, wasserklaren Eisblöcken, die auf schwarzem Sand aus Lavaasche lagen und unwirklich schienen. In den blauen Eisgrotten unter den Gletschern erklang eine geheimnisvolle Musik, die von Instrumenten unbekannter Bauart erzeugt wurde und einen Menschen so tief in der Seele berühren konnte, dass er für lange Zeit in tiefem Frieden leben würde, wenn seine Ohren diese Musik nur hätten hören können. Unter den Wasserfällen erfrischten sich Wassernymphen und in den schneebedeckten Bergen wisperten die fallenden Schneeflocken, die in winzigen Kristallen herniederrieselten, geheimnisvolle Worte, die ein Menschenwesen für immer verzaubert hätten, wenn es sie hätte hören können. In den warmen Quellen tummelten sich wunderschöne Elfen, Wassernymphen und Nebelfeen, in die sich jeder Mensch unsterblich für alle Zeiten verliebt hätte, wenn seine Augen sie hätten sehen können. In den tätigen Vulkanen erfreuten sich Feuerwesen an der wohligen Glut. Diese Welt der Gegensätze war eiskalt und heiß zugleich.

In den langen Winternächten zogen die fächerartigen Vorhänge phosphoreszierender, neongrün und violett leuchtender Nordlichter geisterhaft und lautlos über den Himmel. Die rein physikalische Erklärung für dieses Phänomen stimmte natürlich, war aber trotzdem so nicht ganz vollständig, denn für Elfenohren war es keinesfalls lautlos. Elfen verbanden mit Farben und deren Kombinationen Klänge, die sie mit der Seele hörten – es waren ganze Symphonien von ergreifender Schönheit. Es gab aber auch Menschen, die diese Musik hören konnten, es waren oft begnadete Maler, Musiker oder Menschen, die die rational nicht zu lösende Fragestellung:

Wenn du auslöschst Sinn und Ton,
was hörst du dann?

mühelos lösen konnten. Diese Musik malte mit bunten Farben Worte der Liebe auf die Herzen der Menschen. Elfen, Nymphen, Feen, Kobolde, Drachen und andere wundersame Wesen wurden hier, obwohl unsichtbar, geachtet und respektiert. Die meisten Menschen, die hier lebten, glaubten an ihre Existenz, und einige wenige konnten sie angeblich sehen und sich mit ihnen sogar auf einer gewissen Ebene verständigen. Sogar die Sterne schienen von der Schönheit der Elfen und Nymphen verzaubert zu sein, denn beispielsweise der *Große Wagen* – die alten Griechen nannten ihn *Arktos* – ging hier niemals unter, so fasziniert war er von dieser Welt.

Es war keineswegs das Elfenreich, aber Elfen verreisten auch gern in die Menschenwelt und einige hatten einen festen, gleichsam zweiten Wohnsitz dort. Sie waren Kundschafter in geheimer Mission. Es gab zwei bevorzugte Reiseländer für Elfen – zum einen war das Irland und zum anderen Island, einige waren, wie kürzlich bekannt wurde, auch in Norwegen anzutreffen. Oh ja, auch dort gab es Nordlichter von besonderer Schönheit, deren Musik, für die, die sie hören konnten, tief in ihren Seelen etwas anrichtete, etwas unbeschreiblich Bereicherndes, Ergreifendes, Heilendes.

Einige Elfen machten sich auch einen Spaß daraus, in Menschengestalt auf Island und in den anderen Ländern zu wandeln – sie waren beispielsweise begnadete Schriftstellerinnen oder Sängerinnen, die fast immer barfuß sangen und Bäume über alles liebten. Mit ihren Büchern oder mit ihren Liedzeilen schenkten sie den Menschen perfekte Augenblicke – kleine Zauberformeln für den, der sie verstand und sein Leben damit bereichern konnte.

Elfen waren liebend gern barfuß, denn in ihrer Welt waren sie es immer. Sie fühlten sich dann mehr mit der Erde und der Energie, die in der Erde wohnt, verbunden. Auch die Wurzeln der Bäume konnten sie so bei ihren Streifzügen durch die Wälder intensiver spüren. Sie konnten mit den Bäumen reden und uraltes Wissen mit ihnen austauschen. Im Mondlicht hinterließen ihre nackten Füße goldene Fußspuren, die ein paar Sekunden sichtbar blieben und dann langsam verblassten. Das kam vom Feenstaub an ihren Füßen, der ihre Tarnung aufrechterhielt. Elfen waren in der Nähe von Menschen sehr scheu und überaus vorsichtig und liefen bei Mondlicht nur selten in der Menschenwelt umher. Wer aber trotzdem erkannte, einer als Mensch getarnten Elfe begegnet zu sein, bewahrte es in seinem Herzen, verriet es niemandem und war von da an von einem inneren Lächeln erfüllt.

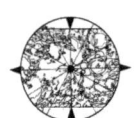

Eiki

In einer dieser langen Winternächte, der Mond leuchtete in seinem ersten Viertel, stand Eiki auf einem kleinen Hügel hinter dem Haus seines Vaters und beobachtete, gehüllt in eine warme Winterjacke und eine Thermohose, durch sein nagelneues Teleskop den Mond.
Der Mond hatte ihn schon als Kind fasziniert. In seinem Zimmer hingen große, sehr genaue Mondkarten. Ja, wenn man das so sagen konnte – Eiki kannte sich gut auf dem Mond aus, zumindest auf der Vorderseite des Mondes, die der Erde immer zugewandt ist. Gerade betrachtete er ein besonders faszinierendes Phänomen auf dem Mond – die *Berge des ewigen Lichts*. Die *Berge des ewigen Lichts* gibt es tatsächlich. Sie bezeichnen die Regionen an den Mondpolen, wo die Gipfel der Berge und die Kraterwälle fast immer von der Sonne beschienen werden. Mit einem Teleskop kann man sie bei schmaler Mondsichel jenseits des Terminators, der Schattengrenze, als leuchtende Punkte in der Dunkelheit erkennen – bizarr und irgendwie unwirklich.
Eiki war ganz versunken in den Anblick dieser faszinierenden Welt.
Und noch etwas hatte Eiki von klein auf fasziniert und bis heute nicht losgelassen – Elfen! Er war sich ganz sicher, dass es sie gab und dass sie nicht nur auf Island anzutreffen waren, sondern eine eigene Welt, ein eigenes Universum besaßen – das Elfenreich.
Er hatte alles zusammengetragen, was es an Büchern über Elfen gab, Sachbücher und Romane, Artikel, Gedichte, Kurzgeschichten. Er hatte auch alle Filme

über Elfen gesehen und viele lange Winternächte im Internet nach den Spuren der Elfen gesucht. Da stand natürlich auch eine Menge Unsinn.

Er hätte alles dafür gegeben, einer Elfe tatsächlich zu begegnen, sich mit ihr zu unterhalten, ihre Welt zu entdecken. Oh ja, er kannte einige Mädchen in Island, die tatsächlich als als Menschen getarnte Elfen hätten durchgehen können, aber die verrieten sich natürlich nicht, und Eiki hätte sich auch niemals getraut, eines dieser Mädchen auf so etwas anzusprechen, aus Angst ausgelacht zu werden. Dennoch, Eiki konnte sich sehen lassen und war bei den Mädchen beliebt, und manche himmelten ihn mehr oder weniger heimlich an.

Eiki war ein etwas verschlossener, verträumter Junge von seit wenigen Tagen 18 Jahren. Er hatte blonde, kurze Haare, graublaue Augen, war recht sportlich und trotz seiner Verschlossenheit immer freundlich. Er hatte einige Freunde, die ihn so akzeptierten, wie er nun mal war – die anderen hatten ja auch ihre Eigenarten. Auch seine Vorliebe für das Thema Elfen, die er nicht verheimlichte, akzeptierten seine Freunde – ja, warum auch nicht, über fünfzig Prozent der Isländer glaubten schließlich an die Existenz dieser Wesen, wenn man sich auf die Angaben in einem großen Online-Lexikon verlassen konnte. Eikis Vater Arnes belächelte seinen Sohn wegen dessen Interessen nicht, denn er glaubte an das *kleine Volk*, wie er es nannte, und half seinem Sohn bei der Beschaffung von Informationen. Wenn Eiki mal wieder ganz in seinen Forschungen vertieft war, sagte Arnes oft: „Ich wünsche mir so sehr, dass du es irgendwann findest – das Elfenreich!" Dabei sah er seinen Sohn lange und liebevoll an, und etwas Geheimnisvolles lag in seinem Blick.

Die Faszination dafür lag sozusagen in der Familie. Bei Eiki war es allerdings viel mehr. Er war getrieben von einer fast schmerzhaften Sehnsucht tief in seinem Herzen, in seiner Seele. Er fand den Gedanken selbst albern, aber er glaubte manchmal, dass er hier in der Welt der Menschen nicht richtig war, dass er eigentlich in die andere Welt gehörte, aber darüber hatte er noch mit niemandem gesprochen und würde das wohl auch nie tun. Auch war er in der letzten Zeit von einer merkwürdigen Unruhe erfüllt. Er schreckte nachts oft aus verworrenen Träumen hoch. Es waren Träume von einer fremden Welt mit einem Mond, der genauso aussah wie der irdische Mond – und dort war irgendetwas ganz und gar nicht in Ordnung – er sah alles ganz deutlich und zum Greifen nah. Aber wenn er erwachte, war alles wieder weg – sein Kopf war leer, nur die unerklärliche Unruhe blieb und trieb ihn zu immer intensiveren Forschungen an. Besonders sein immer wiederkehrender Traum von der Vollmondnacht machte ihm heftig zu schaffen.

Manchmal, nach besonders intensiven Träumen, glaubte er nach dem Aufwachen wie aus weiter Ferne ein merkwürdiges Summen zu hören. Einmal hatte er nach einer solchen Nacht – er hatte zuvor mit Freunden kräftig in einem Pub seinen 18. Geburtstag gefeiert – nach dem Aufwachen morgens im Badezimmerspiegel ein winziges, aber wunderschönes Gesicht, umgeben von flimmerndem, goldenem Staub, über seine Schulter schauen sehen. Beim nochmaligen Hinsehen war dort allerdings nichts mehr. Eiki schrieb es dem wirklich guten irischen Whisky zu, von dem er sicher zu viel getrunken hatte. Aber in Island machte man kein Gewese um so etwas. Wenn man genug getrunken hatte, ging man einfach still nach Hause, und niemand sprach mehr darüber oder trug es einem nach.

Der Mond konnte tatsächlich etwas mit Elfen zu tun haben, dachte er, denn die Elfen liebten den Mond und sein zauberisches, sanftes Licht. Elfen waren extrem langlebig, stand in den Büchern, aber ewig konnten sie auch nicht leben. Es hieß, wenn eine Elfe stirbt, dann geht sie ins Mondlicht und ein neuer Anfang ist ihr bestimmt. War Eiki deshalb so fasziniert vom Mond, weil auch die Elfen den Mond liebten?!

Langsam wurde Eiki trotz der warmen Kleidung kalt, er baute sein Teleskop ab, verstaute es sorgfältig im dazugehörigen Transportkoffer und ging den Hügel hinunter zurück zum Haus in sein gemütliches Zimmer im ausgebauten Dachgeschoss.

Es half nichts, durch das Internet und durch Bücher würde er nicht mehr erfahren, als er schon wusste, er musste im wahrsten Sinne des Wortes andere Wege gehen.

Jules Verne hatte schon in seinem Roman *Reise zum Mittelpunkt der Erde* den Eingang zu selbigem in die vulkanische Landschaft auf Island gelegt. Warum also sollte hier nicht irgendwo auch ein Tor zum Elfenreich sein?! Schließlich wimmelte es hier angeblich nur so von diesen Wesen. Von sogenannten Elfentoren war oft in den Büchern die Rede, durch die die Elfen beliebig zwischen den Welten hin- und hereisen konnten. Wenn es diese Tore wirklich gab, musste er eines finden. Und hier wanderten seine Gedanken wieder zum Mond. Konnte es eine Verbindung zwischen den Monden dieser so unterschiedlichen Welten geben? Er musste es herausfinden!

Das Symbol

Elka war das schönste Mädchen, das Eiki je gesehen hatte. Sie musste etwa in seinem Alter sein. Ihre zierliche Gestalt und ihr fast überirdisch schönes Gesicht verliehen ihr durch die langen, glatten, blonden Haare, die ihr bis zur Hüfte reichten, ein fast feenhaftes Aussehen. Eiki hatte Angst, in ihre warmen, etwas zu großen, kastanienbraunen Augen hineinzufallen, wenn sich ihre Blicke kurz begegneten. Irgendwie war das geheimnisvoll, erschreckend und total angenehm zugleich – er hätte es nicht anders beschreiben können. Wenn Eiki sie sah, war er total nervös, sein Puls beschleunigte sich und ihm wurde warm – sehr warm. Wenn es also Elfen in Island gab, die sich als Menschen tarnten, dann hätte Elka eine sein können, dachte Eiki, aber natürlich hätte weder er noch irgendjemand hier Elka auf so etwas angesprochen. Es war ein ungeschriebenes Gesetz, darüber zu schweigen, und diese Wesen hätten auch niemals zugegeben, eigentlich in der Elfenwelt beheimatet zu ein.
Elka hätte zudem die perfekteste Tarnung als Elfe gehabt, die man sich nur vorstellen konnte, wenn sie denn eine war: Elka hatte einen kleinen Laden in Reykjavík für die Touristen. Überall standen dort die Wesen der Elfenwelt als kleine Figuren, zum Teil lebensecht gefertigt aus Ton, Kunststoff, Metall oder Glas. Es gab hier Elfen mit und ohne Flügel, Feen, Drachen, Wassernymphen, Trolle, Zwerge und ganz spezielle Wesen, die eigentlich so geheim waren, dass sie hier niemals hätten stehen dürfen. Einem wirklichen Kenner hätten sie sofort verraten, dass hier ein Mädchen den Laden betrieb, das schon einmal drüben

war. Aber diese Kenner gaben sich nicht zu erkennen und alles blieb geschützt und verborgen. Elkas Laden war jedenfalls ein Magnet für Touristen und alle, die sich näher für das Elfenreich interessierten.

Seit einiger Zeit hatte Elka noch ein zweites Standbein – sie betrieb in einem gemütlichen Raum hinter dem Laden ein Tattoo-Studio, ausschließlich mit Motiven und Symbolen von Elfen und Wesen der anderen Welt. Sie entwarf diese Motive und Symbole selbst – sie waren einzigartig und wirklich etwas ganz Besonderes. Eine Art Zauber ging von ihnen aus, denn alle, die ein Tattoo von ihr in die Haut gestochen bekamen, strahlten danach irgendetwas aus, was nicht so ganz von dieser Welt war.

Auch Elka hatte zweifelsfrei diese Ausstrahlung, aber noch niemand hatte herausfinden können, ob Elka auch irgendwo an ihrem Körper eines ihrer Tattoos trug. Es war meistens nicht gerade warm auf Island und entsprechend der Temperatur trug natürlich auch Elka vorwiegend hautbedeckende Kleidung. Wenn sie im Laden, wo es schön warm war, mal etwas mehr Haut zeigte, war diese völlig makellos und wirkte unberührt von allem Irdischen.

Eiki kam oft am Schaufenster von Elkas Laden vorbei, wenn er von der Arbeit kam, wo er gerade eine Ausbildung zum Laboranten machte. Irgendwie schaute sie immer gerade dann auf, wenn er vorbeiging, sodass sich ihre Blicke für wenige Sekunden begegneten – und Elka lächelte dann. Es war ein Lächeln, das Eiki bis in seine Träume begleitete, und wenn Eiki dieses Lächeln geschenkt bekam, war der Tag für ihn gerettet – er hatte dann gute Laune und er fühlte sich total wohl.

So viele Zufälle konnte es nicht geben, dachte Eiki, er musste Elka einfach ansprechen. Er wurde sowieso von ihr angezogen wie ein kleines Eisenteilchen von einem Magneten. Elka hatte sicher das umfassendste Wissen über das Elfenreich überhaupt und konnte ihm bestimmt weiterhelfen bei seinen Forschungen. Nur, wie sollte er das Elka gegenüber anstellen? Er war in diesem besonderen Fall sehr schüchtern. Eiki hatte schon eine Freundin gehabt und ging normalerweise recht offen auf Menschen zu. Aber bei Elka?! Er zitterte bei dem Gedanken, sie anzusprechen. Sie war zu schön und sie war die Sonne, die Wärme, das Wohlgefühl. Vielleicht hatte er Angst, von Elka einen Korb zu bekommen.

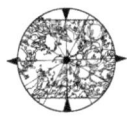

Drei Tage später nahm Eiki allen Mut zusammen, zog sich seine coolsten Klamotten an und verließ abends das Haus. So konnte es auf keinen Fall weitergehen. Er fuhr mit dem Rad dorthin, wo sich abends auch Touristen vergnügten, zu einem der gemütlichen Pubs, ganz in der Nähe von Elkas Laden. Eiki wusste, dass Elka abends nach der Arbeit manchmal dorthin ging, um etwas zu entspannen, einfach abzuhängen, und um sich nett mit Freunden und Freundinnen zu unterhalten – hier kannte fast jeder jeden und meistens waren alle gut drauf.
Eiki hatte Herzklopfen, je näher er dem Pub kam, der den touristisch orientierten, sehr werbewirksamen Namen *Elfenportal* trug. Der Eingang war ein neongrün beleuchtetes Säulenportal aus einem Marmorimi-

tat mit einem Rundbogen. In kunstvoll verzierter Schrift stand dort: *„Elfenportal – nur bei Mondlicht im Betrieb"*. Nunja, das stimmte so nicht ganz – der Pub war jeden Abend geöffnet – gemeint war natürlich etwas ganz anderes.
Eiki war schon öfter hier, aber diesmal wollte er Elka ansprechen. Er konnte daher nicht so unbekümmert wie sonst durch den Torbogen in den Pub gehen. Er empfand jedes Mal ein leichtes Kribbeln im ganzen Körper, wenn er den Bogen durchschritt, und man hörte ein leises elektrisches Knistern. Das war schon recht seltsam.
Drinnen herrschte gute Stimmung, und tolle Musik erfüllte den Raum. Lachende Menschen und angeregte Unterhaltungen an der Bar und an den Tischen in den gemütlichen Nischen und Ecken sorgten hier fast immer für eine freundliche Atmosphäre. Eiki sah sich nervös um – er konnte Elka bislang nirgendwo sehen. Wahrscheinlich ist sie heute Abend gar nicht da, dachte er. Er ging um eine Ecke herum, um zur Bar zu gelangen, und plötzlich traf ihn etwas wie ein Blitz. Dieses Etwas war Elka, die ihn fast umrannte, weil sie ihn zu spät bemerkt hatte und dabei ins Straucheln kam. Sie wäre böse gestürzt, wenn Eiki sie nicht reflexartig an den Hüften festgehalten hätte. Eikis rechter Zeigefinger brannte plötzlich wie Feuer, als er ihre Haut zwischen dem Bund ihrer Jeans und ihrem schwarzen Sweatshirt berührte, das bei dem Beinahesturz etwas hochgerutscht war. Sein Herz schlug wie ein Hammer auf einen Amboss, aber er hielt Elka vorsichtig, doch sicher fest.
„Danke!", stammelte sie verdattert und sah Eiki mit ihren ein wenig zu großen Augen an.

„Bist du in Ordnung, Elka?", stammelte auch Eiki, um irgendwas zu sagen. Beide atmeten heftig und langsam erschien dieses unvergleichliche Lächeln auf Elkas Gesicht – dieses Lächeln, das ihm schon so manches Mal den Tag versüßt hatte.
„Du hast mich gerettet!", zwinkerte Elka sichtlich gefasster mit verführerischer Stimme.
„Immer wieder gern!", sagte Eiki nun selbstsicherer und fügte hinzu: „War ja auch ein sehr angenehmer Zusammenstoß!" Seinen schmerzenden Finger hatte er ganz vergessen. Er lächelte sie dabei herzlich an, und alle Anspannung fiel von ihnen fast gleichzeitig ab.
„Zwei *Lava-Explosion* bitte!", rief sie Askja an der Bar zu, und an Eiki gewandt: „Meinem Retter sollte ich doch wohl einen Drink spendieren, oder?" Dabei grinste Elka schelmisch, nahm Eiki einfach bei der Hand und zog ihn in eine der gemütlichen Ecken am Fenster an einen Tisch, auf dem eine Öllampe brannte und ein warmes Licht ausstrahlte. Sie setzten sich gegenüber an den Tisch. Eiki rieb sich den immer noch schmerzenden Zeigefinger. Elka sah es und sagte recht verlegen: „Oh, das tut mir echt leid, Eiki – das wollte ich nicht." Eiki sah sie fassungslos an. „Was wolltest du nicht, Elka?", stammelte Eiki nun sichtlich irritiert. „Naja, dass du dich am mir verbrannt hast, Eiki.", sagte sie nun geheimnisvoll und eine Spur ernster. Dabei zog sie die langen Ärmel ihres Sweatshirts bis fast zu den Ellenbogen herauf, und es sah so aus, als wenn ihr zu warm geworden war. Sie drehte einen Arm um, hielt ihre Hand auf, streckte sie über den Tisch zu Eiki hinüber, deutete auf seinen Zeigefinger und sagte leise: „Komm, zeig mal her!" Dabei hielt sie zufällig ihre Hand und die Unterseite des

Unterarms in einen Streifen Mondlicht, der durch das Fenster direkt auf die Tischplatte fiel. Unterhalb ihres Handgelenks begann ein golden leuchtendes, kreisförmiges Symbol mit einem geheimnisvollen Muster im Mondlicht zu funkeln, und wenn die Stelle den Streifen Mondlicht verließ, wurde es wieder unsichtbar. Aber Eiki hatte es deutlich gesehen und Elka nahm wahr, dass Eiki es bemerkt hatte, und wurde plötzlich kreidebleich.
„Du kannst es sehen?!", fragte sie erschrocken und hielt ihr Handgelenk noch einmal, weil er es ja sowieso schon gesehen hatte, ins Mondlicht. Sofort erschien das Symbol wieder auf ihrer Haut.
„Allerdings!", flüsterte Eiki nur und zitterte plötzlich am ganzen Körper. Hier läuft etwas ganz und gar aus dem Ruder, dachte er. Er erinnerte sich an die Warnungen in dem sehr alten Buch:

Suche niemals nach einer Elfe!
Du könntest einer begegnen!

Okay, wenn Elka eine Elfe war, dann kam diese Warnung schon mal zu spät. Er starrte auf das Symbol. Es leuchtete in einem warmen, goldenen Licht, so wie die Schrift auf dem Ring aus *Herr der Ringe* von J.R.R. Tolkien, und war offensichtlich wie ein Tattoo in die Haut gestochen.

Sieh niemals eine Elfe länger
als einen Augenblick an!
Du kannst sonst nicht mehr
den Blick von ihr abwenden!

Auch dieser Drops war gelutscht, dachte er nun schon etwas panischer. Die Zeit schien langsamer zu vergehen, denn er konnte in aller vermeintlichen Ruhe feststellen, dass er das, was in dem kreisförmigen Symbol abgebildet war, schon früher gesehen hatte. Er wusste es, weil er sich auf dem Mond gut auskannte! Es handelte sich um die Südpolregion des Mondes, die nur seitlich bei größter Libration sichtbar wurde, aber nie, so wie in dem leuchtenden Symbol dargestellt, in der Draufsicht in Teleskopen erkannt werden konnte. Exakte Karten von dieser Region sind erst durch die diversen, den Mond umkreisenden Sonden entstanden. Genau am Südpol gab es einen geheimnisvollen Krater, den *Shackleton-Krater*, der im Symbol durch einen leuchtenden Punkt verdeckt war oder durch diesen hervorgehoben werden sollte. All dies erfasste Eiki innerhalb von höchstens zwei Sekunden. Ihm wurde schwindelig. Hier lief definitiv etwas aus dem Ruder!

Und sieh niemals einer Elfe
im Mondlicht in die Augen!
Du fällst sonst hinein!

Und findest nie mehr zurück!

Eiki wusste, dass der Mond relativ schnell am Himmel unterwegs war. Bei einem Teleskop ohne automatische Nachführung war er in zweieinhalb Minuten aus dem Bild gewandert. Diese Tatsache versetzte ihn nun immer mehr in Panik. Ihm wurde heiß, der Schweiß brach ihm aus und sein Herz schlug so heftig, als wolle es heraus aus seiner Brust. Ja, der Mond

wanderte, und der Streifen Mondlicht auf dem Tisch bewegte sich nun auf Elkas Gesicht zu. Sie schmunzelte genüsslich, als sie das Entsetzen in Eikis Augen sah.
„Du kennst dich gut aus!", sagte sie leise und noch leiser: „Und deine Sorge ist absolut berechtigt!"
Eiki konnte nicht mehr den Blick abwenden – er sah tief in ihre traumhaft schönen Augen. Der Streifen Mondlicht erreichte in diesem Moment Elkas linke Gesichtshälfte, in ihrem linken Auge spiegelte sich plötzlich die Unendlichkeit und tausende kleiner Sterne funkelten darin.
„Heilige Scheiße!", dachte Eiki – nun ist es aus!
Elka nahm mit einer Hand die seine und setzte sich dann mit der freien Hand eine der großen, wahnsinnig sexy wirkenden Brillen auf, die in einem Werbespot einer namhaften Brillenfirma schon bei so manchem Mann tausende von Hirnzellen hatte verdampfen lassen. Elka sah mit dieser Brille noch umwerfender aus, obwohl das sowieso kaum noch zu steigern war.
„Das ist eine magische Schutzbrille, Eiki, also bleib locker!", kicherte sie nun schelmisch.
„Schutzbrille?", keuchte Eiki nur. Diese Brille schützte vielleicht vor dem Sturz in ihre Augen, aber nicht vor dem Wahnsinn. In diesem Moment brachte Askja die beiden *Lava-Explosion,* stellte sie auf dem Tisch ab und geriet dabei mit ihrem Handgelenk in den breiter werdenden Streifen Mondlicht. Auch an ihrer Unterseite des Arms, direkt unter dem Handgelenk, begann wie ein Bild aus Feuer das gleiche Symbol zu leuchten!
Elka schmunzelte wieder und sagte, als wäre es das normalste von der Welt, sobald Askja weg war:
„Hier arbeiten nur Elfen!"

Askja, schon fast an der Bar, blickte sich im Gehen kurz nach Eiki um und zwinkerte ihm zuckersüß lächelnd zu. Sie trug auch so eine nervenzermürbende Brille.
„Und was glaubst du, wo du gerade bist, Eiki?! In einem Pub auf Island?", gluckste Elka nun sichtlich amüsiert. „Nein, du bist nicht *drüben*, aber auch nicht mehr *hier* – es kribbelt nur ein wenig, wenn du durch das Tor am Eingang gehst, nicht wahr?", flüsterte sie verschwörerisch.

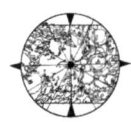

Der Schmerz

Es sollte eine lange Nacht werden – gut, im Spätherbst schienen die Nächte auf Island sowieso fast unendlich lang zu sein, aber diese hier sollte selbst aus dem Strom der Zeit herausfallen.
Elka und Eiki hatten auf Elkas Drängen hin ihren *Lava-Explosion* recht schnell getrunken – vielleicht zu schnell. Elka hatte es plötzlich eilig. Sie murmelte als Begründung nur so etwas wie: „Solange der Mond noch am Himmel steht…"
Elka nahm den reichlich verdatterten Eiki mit in ihren Laden ins Hinterzimmer, wo sie ihr ganz besonderes, aber recht kleines Tattoostudio betrieb. Eiki hatte sich vorher nie für Tattoos interessiert, aber diese geheimnisvollen Symbole und traumhaft schönen Motive, die alle mit Elfen und Wesen aus dem Elfenreich zu tun hatten, faszinierten ihn total. Überall an den Wänden und in von Elka selbst gefertigten Katalogen waren sie zu sehen. Eiki betrachtete die unterschiedlichsten Motive eine Weile und Elka ließ ihm die Zeit, sich umzusehen. Danach setzten sie sich auf ein bequemes Sofa, auf das das Mondlicht durch ein Fenster schien.
„Für uns wird er heute Nacht etwas länger scheinen als sonst", verkündete Elka, deutete auf den Mond und ergänzte erklärend: „Naja, wir Elfen können ein wenig an der Zeit herumschrauben, aber nur so viel, um mehr in einem begrenzten Zeitabschnitt erledigen zu können – die Zeit läuft für alle anderen ganz normal weiter."
Elka atmete tief durch und begann dem völlig durch den Wind geratenen Eiki längst überfällige Dinge zu verdeutlichen:

„Eiki, das ist alles nicht so einfach zu erklären, aber da du ja schon ziemlich gut über Elfen Bescheid weißt, kann ich dir nur sagen, dass das meiste davon stimmt." Sie nahm seine Hand, berührte mit ihrem Zeigefinger Eikis noch immer schmerzenden Zeigefinger und strich sanft darüber. Sofort war der Verbrennungsschmerz wie weggeblasen.
„Ich entschuldige mich nochmals dafür, dass du dich an mir verbrannt hast, aber Elfen sind eben heiß – ich meine, an manchen Körperstellen, und Elfen können mit etwas Elfenmagie verhindern, dass sie von Menschenwesen dort zufällig berührt werden. Aber weil wir uns so blitzartig begegneten, ist die Elfenmagie nicht so schnell zur Wirkung gekommen. Tut mir echt leid." Elka sah, dass sich Eiki ein wenig zu beruhigen begann, und fuhr mit ruhiger, warmer Stimme fort:
„Weißt du, wir Elfen beobachten die Menschen, die sich aufrichtig und wohlwollend für uns interessieren, sehr genau, und daher kenne ich dich besser, als du vielleicht denkst. Ich weiß, dass du alles über Elfen herausfinden willst und dass du schon immer einer Elfe begegnen wolltest. Naja, das bist du nun ja auch, aber das ist kein Zufall, Eiki. – Du gehörst nämlich eigentlich nicht hierher. Du hättest sonst mein Symbol niemals sehen können. Das können nur ganz wenige Menschen – mir selbst ist vor dir noch niemand begegnet, der es sehen konnte – das können nur die, die sich nichts sehnlicher wünschen, als die Welt der Elfen kennenzulernen. Sie fühlen sich nämlich total mit ihr verbunden, weil sie das kleine Volk lieben, achten und respektieren und genau wissen oder spüren, dass die Menschenwelt und das Elfenreich untrennbar miteinander verbunden sind. – Du bist so ein Mensch, Eiki!"

Elka machte eine Pause und sah Eiki in die Augen, der nun keine Angst mehr vor ihrem Blick hatte. Es konnte auch nichts passieren. Elka trug ja diese abgefahrene Brille, die ihn zwar vor dem Sturz in ihre Augen bewahrte, ihn aber trotzdem völlig kirre machte, weil Elka zu den Mädchen gehörte – korrekterweise musste man jetzt ja eigentlich sagen, zu den Elfen gehörte –, die über alle Maßen sexy mit so einer Brille aussahen.

Eiki hatte bisher kein Wort gesagt. Er hatte das Empfinden, gar keine Stimme mehr zu besitzen. Er lauschte Elkas Worten, ihrer wundervollen Stimme, saugte alles, was sie sagte, begierig auf – sie war die Quelle allen Wissens über das Elfenreich, und er hatte sie nicht nur angesprochen, sondern er saß mit einer waschechten Elfe, die sich in der Menschenwelt nur als Mensch getarnt hatte, hier auf ihrem Sofa und trank mit ihr den wohltuenden, dampfenden Tee, den sie aus geheimnisvollen Zutaten bereitet hatte.

Eiki wollte auch nichts sagen, er war zu fasziniert von allem, und zunehmend breiteten sich wohlige Wärme und Ruhe in ihm aus – es war ganz sicher nicht der Tee allein, der dafür verantwortlich war. Eiki war hin und weg von Elka.

„Was bedeutet dein Symbol an deinem Handgelenk?", war das erste, was Eiki fragte, und seine Stimme war dabei etwas brüchig.

„Es ist unser Torschlüssel, Eiki. Damit reisen wir ins Elfenreich – über den Südpol des Mondes – du kennst sogar den Namen des Kraters, in dem die Energie verborgen ist, die uns die Reise möglich macht. Sie ist aber verborgen, weil sie genau zehn Minuten in der Zukunft ruht – daher ist sie für die Menschen niemals zu entdecken." Elka machte wieder eine Pause und

Eiki wusste, dass nun etwas kam, das ihn beunruhigte, aber auf eine Weise, die er nicht hätte beschreiben können.
„Möchtest du auch so einen Torschlüssel, Eiki? – Er steht dir nämlich zu!", sagte Elka nun leise und sah ihm wieder direkt in die Augen. Eiki wurde schwindelig und er glaubte kurz, ganz weggetreten gewesen zu sein, als ihre Augen wieder vor den seinen wie aus weiter Ferne auftauchten.
„Aber alles hat seinen Preis!", hörte er Elkas Stimme sagen.
Und er hörte seine eigene Stimme, ohne zu zögern, sagen: „Ich zahle ihn!"
Elka nickte zufrieden und holte ein kleines Fläschchen aus einer kunstvoll verzierten Schatulle. Das ebenfalls verzierte Fläschchen enthielt eine goldene Flüssigkeit, die feurig im Mondlicht leuchtete, genau wie Elkas Tattoo.
„Trink das, Eiki! – Es ist älter als sieben Menschenleben – ich habe es so lange gehütet und bewacht – genau für diese Nacht – für diesen Augenblick!", sagte Elka mit leiser Stimme und reichte ihm das Fläschchen. Eiki nahm es mit zittrigen Fingern und sagte genauso leise, aber eigentlich nur, um Zeit zu gewinnen und seine Gedanken zu beruhigen:
„Man fragt so etwas eine Elfe wahrscheinlich nicht, denke ich mir, aber darf ich dein wirkliches Alter wissen, Elka, und wie du wirklich heißt? – Elka ist ein wunderschöner, isländischer Name."
Elka schien diese Frage erwartet zu haben und sagte wahrheitsgemäß: „Dreihundertachtundachtzig Jahre, Eiki. Ab achtzehn altern wir nicht mehr sichtbar, und meinen wirklichen Namen wirst du nie erfahren, denn wer den wirklichen Namen einer Elfe kennt, hat große

Macht über sie – hier bin ich Elka und gerade achtzehn geworden – okay?!"

Er schluckte, hatte aber etwas Ähnliches erwartet, denn er wusste, dass Elfen extrem langlebig sind. Und er wusste tief im Inneren auch, dass es nicht erlaubt war, nach ihrem wirklichen Namen zu fragen.

„Okay…, tut mir leid, ich wollte nicht indiskret sein, Elka", sagte er heiser.

„Schon gut, ich kann deine Neugierde verstehen", entgegnete Elka mild lächelnd.

Eiki nahm die kleine, leuchtende Flasche, schraubte den goldenen Verschluss ab und trank den Inhalt mutig in einem Zug aus. Die Flüssigkeit wirkte, als wäre sie lebendig, und schmeckte, so seltsam das klingen mag, nach Feuer – einem ganz eigenartigen Feuer. Ihm wurde etwas schwindelig.

„Das war der angenehme Teil!", sagte Elka, nahm seine rechte Hand, drehte sie um und legte ihre Hand mit der Stelle, an der sich das Symbol befand, auf Eikis Haut an der gleichen Stelle.

Dann kam der Schmerz! Einen so intensiven, hellen, glühenden Schmerz hatte Eiki noch nie in seinem Leben empfunden. Er schrie auf – es war ein langer, angstvoller Schrei. Elka musste mit der anderen Hand dafür sorgen, dass Eiki die seine nicht wegziehen konnte. Elka fühlte mit ihm, auch sie empfand den Schmerz, allerdings längst nicht so stark wie er. Nach scheinbaren Ewigkeiten war es vorbei. Ihre Hände lösten sich voneinander, und nun hatte Eiki an der Unterseite seines Handgelenks das gleiche, im Mondlicht feurig leuchtende Symbol. Der Schmerz war schlagartig verschwunden und ein warmes, angenehmes Gefühl breitete sich an der Stelle aus. Ungläubig sah Eiki, wie das Symbol erschien und verschwand, je nachdem, ob er es ins Mondlicht hielt oder davon wegdrehte.

„Es ist noch nicht fertig! Um es zu fixieren, es dauerhaft in deine Haut zu bringen, muss ich alle Linien mit elfischer Tinte nachzeichnen wie jedes andere Tattoo auch. Leg dich da auf die Liege, Eiki, es wird noch viel mehr weh tun, und wer schon liegt, kann nicht mehr fallen!", sagte Elka zwinkernd.

Erst einmal war die Stelle sowieso sehr sensibel, aber die magische Elfentinte und die in schnellem Rhythmus in die Haut fahrende Nadel des Tattoo-Gerätes bereiteten Eiki wahre Höllenqualen. Elka sah, wie sehr er litt, und berührte sanft mit den Fingerspitzen seine Stirn. Eiki umfing gnädige, wohltuende Bewusstlosigkeit, die wie ein kühles, seidenes Tuch seinen Körper bedeckte und ihn vor allen Schmerzen bewahrte.

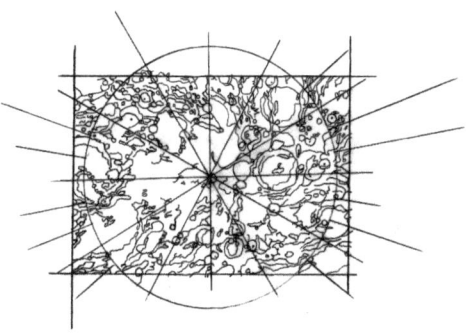

Elka arbeitete lange an dem Tattoo – es musste sehr genau nachgezeichnet werden, weil es sonst nicht funktionieren würde. Dann war es fertig und Elka

tupfte es mit einer desinfizierenden, schmerzstillenden, ebenfalls elfischen Flüssigkeit ab.
„Aufwachen, mein Held!", säuselte Elka grinsend und gab ihm ein paar sanfte, aber spürbare Klapse auf die Wangen. Eiki kam zu sich und brauchte einen Moment, um sich zu orientieren. Als er seinen Kopf wieder halbwegs beisammen hatte, fragte er, sein Tattoo betrachtend:
„War der Schmerz der Preis?"
„Nein, war er nicht!", antwortete Elka lakonisch.
Und Eiki spürte, dass es noch schlimmer kommen würde – sehr viel schlimmer!
Elka stand auf, kramte in einer Kommode herum und förderte eine echt coole Männerbrille zutage. Die gab sie Eiki und musste kichern, als sie sagte:
„Setz sie auf, wir wollen doch nicht, dass du der falschen Elfe in die Augen fällst, nichtwahr?" Eiki sah sie verdattert an, tat aber brav, was sie sagte. Er hatte irgendwie das Gefühl, dass man das, was Elfen sagten, tun sollte, umgekehrt aber niemals einer Elfe sagen sollte, was sie zu tun hatte – man würde sie nur um etwas bitten dürfen.
Die Brille sah echt cool aus. Elka selbst setze ihre eigene Brille mit den Worten ab: „So, Eiki, schön auf deine Brille aufpassen – setzt sie niemals ab, wenn der Mond scheint, nicht mal für eine Sekunde, war ich deutlich genug?!" Er nickte heftig.
Elka sah ihn lange nachdenklich an und sagte dann entschlossen: „Ich kenne deinen Lieblingsplatz auf dem Hügel hinter deinem Haus – gehen wir dort hin! – Jetzt!"

Der Torschlüssel

Auf dem Weg zu Eikis Haus waren die beiden sehr schweigsam. Obwohl Eiki tausend Fragen hatte, spürte er, dass etwas bevorstand, was seine Vorstellungskraft übersteigen würde, und dass es besser war, nicht viel zu reden. Elka hätte ihm sowieso jetzt nicht ausführlicher geantwortet, das spürte er. Eiki schob sein Fahrrad, es war nicht weit, und schon nach wenigen Minuten erreichten sie das Haus, in dem Eiki und sein Vater wohnten. Hinter zwei Fenstern des Erdgeschosses war ein warmer Lichtschein zu sehen, sein Vater war also zu Hause und arbeitete noch an seinem Schreibtisch an einem Manuskript. Er war ein recht erfolgreicher Buchautor, und davon hatte Island sehr viele.

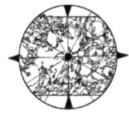

Die beiden Wesen aus verschiedenen Welten stiegen den kleinen Hügel hinter Eikis Haus hinauf.
„Warum wolltest du ausgerechnet hierher?", fragte Eiki.
„Weil wir zu dieser Stunde hier vom Mondlicht umflutet sind, Eiki", sagte Elka lächelnd und erklärte ihm: „Du ahnst doch sicher, dass wir nun reisen werden, oder?! – Du wolltest doch unbedingt ins Elfenreich, oder etwa nicht?!", zwinkerte sie schelmisch.
„Wir können nur im Mondlicht reisen und nur zu zweit. Sonst reise ich immer mit Askja, aber nun bist du ja bei mir, und du bist jetzt genau wie ich Träger

des Torschlüssels. – Halt deinen Arm hoch! Und bleib locker, diesmal tut es nicht weh. Aber ich hoffe, du verträgst eine heftige Achterbahnfahrt – und löse niemals den Kontakt zwischen uns, erst wenn ich es dir sage, hast du das verstanden, Eiki?", sagte Elka eindringlich und machte ihm vor, wie er sich verhalten sollte.
Eiki nickte, er war kreidebleich geworden. Ihm wurde nun sehr flau im Magen, sein Herz schlug wie ein Dampfhammer, und er begann an ganzen Körper zu zittern.
Nun lief sein ganzes Leben aus dem Ruder, das wusste er mit einem Mal ganz genau. Vor dem vorletzten Punkt, der in dem sehr alten Buch stand, war er durch seine magische Brille geschützt. Er erinnerte sich aber auch an den letzten Punkt in diesem sehr alten Buch, der nun auch Realität würde:

*Sie nimmt dich mit auf eine Reise,
die Du nie wieder vergessen wirst!*

Elka nahm seinen Arm und führte ihn langsam und sanft an den ihren, so dass sich die beiden im Mondlicht feurig glimmenden Symbole berührten. Er verlor sofort den Boden unter den Füßen! Und seltsamerweise dachte Eiki gerade in diesem Augenblick an die rote Rose, die er, in feuchte Watte gebettet, in der Innentasche seiner Jacke bei sich trug. Bevor er heute in den Pub gegangen war, hatte er sie sich eingesteckt und sich fest vorgenommen, sie Elka zu schenken.
Der Hügel und sein Haus verschwanden unter ihnen in einem rasanten Tempo, dann der Ort, in dem er lebte, dann sein Land, dann die ganze Erde, und der Mond wurde größer und größer. Sie rasten direkt auf ihn zu,

und Eiki erkannte schon die Krater *Amundsen* und *Scott* in der Südpolregion. Sie reisten zehn Minuten durch die Zeit, aber das merkte Eiki nicht. Mit einem grellen Aufblitzen sausten sie direkt in den *Shackleton*-Krater. Es wurde für eine Sekunde dunkel, dann blitzte es erneut auf und sie schossen wieder aus dem Krater heraus. In der Ferne wurde die Erde größer. Als sie immer größer wurde und Kontinente und Meere deutlicher erkennbar wurden, wusste Eiki, dass hier etwas ganz und gar nicht stimmte – es war nicht der Planet Erde, der hier größer und größer wurde. Diesen Planeten kannte er nicht – es musste sich um die Welt der Elfen handeln. Die Fahrt wurde immer rasanter und in wenigen Augenblicken standen sie, überraschend sanft abgesetzt, wohlbehalten auf einem Hügel in einer fremdartigen Welt.

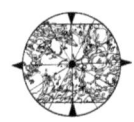

Die andere Seite

Milde, klare Luft umgab Elka und Eiki. Das Gras war weich und überall schwebten kleine, grüne Funken wie Glühwürmchen in der Luft, die sich sanft bewegten. Der Himmel, der mit Sternen wie mit Diamanten übersät war, stellte den Nachthimmel in der Menschenwelt weit in den Schatten. Der Mond war aber seltsamerweise derselbe wie der Erdenmond, der die wundervolle, leicht hügelige Landschaft in ein weiches, mildes, angenehmes Licht tauchte und dessen Weichheit man fast körperlich spüren konnte. Das Licht schien alle Kanten zu glätten.
Und noch etwas hatte sich verändert, nämlich Elka – sie hatte jetzt spitze Ohren!
Die standen ihr ausgesprochen gut, so dass Eiki wegen akutem Sauerstoffmangel im Gehirn zu schwanken begann.
„Elfen haben nun einmal spitze Ohren", kicherte Elka amüsiert. „Bei euch auf der Erde tarne ich sie durch Elfenmagie mit menschlichen Ohren", fügte sie grinsend hinzu.
„Voll krass!", japste Eiki nur und musste sich ins weiche Gras setzen, weil seine Knie nachgaben. Elka setze sich neben ihn, und sie blickten in ein Tal von atemberaubender Schönheit, das in Mond- und Sternenlicht getaucht war. Unten im Tal leuchtete ein klarer See leicht grünlich, als wenn er von innen beleuchtet wäre. „Das sind Leuchtfische – sie leuchten nur, wenn der Mond scheint, weil sie den Mond so lieben. Alle Wesen hier lieben den Mond. Er ist für uns magisch, von ihm erhalten wir unsere Elfenmagie.

Der See ist sehr tief", sagte Elka lächelnd, als sie merkte, worauf sich Eikis Blick geheftet hatte.
Über die ruhige Seeoberfläche zog gerade ein Schwarm großer, majestätisch aussehender, im Mondlicht silbrig leuchtender Vögel. „Das sind Seelenvögel", flüsterte Elka fast andächtig. „Sie tragen die Seelen der Menschen in manchen Nächten, um sie einander finden zu lassen, weißt du?! Und am nächsten Morgen finden sich in der Menschenwelt zwei einsame Menschen und sind von da an nie mehr einsam." Elka hatte nun einen verträumten Blick, legte sich neben Eiki auf den Rücken ins Gras und blickte hinauf in den unbeschreiblich klar leuchtenden Sternenhimmel.
„Die Sterne sind andere, aber der Mond ist derselbe wie der in eurer Welt, Eiki. Das ist die Verbindung zwischen unseren Welten."
Eiki verstand nun einiges.
„Gefällt es dir hier, Eiki?", fragte Elka. „Das hier ist mein Lieblingsplatz."
„Deine Welt ist echt ein Traum", gestand Eiki, fasziniert von all dem, was er sah. Fremdartige Bäume, die in den unterschiedlichsten Farben leuchteten, verliehen der Landschaft eine zauberische Schönheit. In den Zweigen der Bäume schwirrten kleine goldene Funken umher, so sah es jedenfalls von Weitem aus.

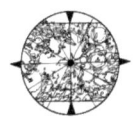

Nayi

Plötzlich summte es leicht wie das Geräusch sehr schnell schlagender, kleiner Flügel.
„Hey, Elka!", sagte eine sehr feine, total schöne, angenehme, helle Stimme. „Wen hast du denn da mitgebracht?" Beide schauten nach oben in die Richtung, aus der die kleine Stimme und das Summen kamen.
Was da langsam bis auf die Höhe ihrer Gesichter vom Nachthimmel herunterschwebte, war das Schönste, was Eiki jemals gesehen hatte, mal abgesehen von Elka.
Es war so etwas wie eine Elfe, aber höchstens zwanzig Zentimeter groß mit schwirrenden, kleinen Flügeln, die goldenen, leuchtenden Staub um sich herum wirbelten, so dass alles in goldenes Licht getaucht wurde.
Also stimmte alles, was er gelesen hatte: Es gab ihn, den goldenen Feenstaub, und auch Feen, denn um eine solche musste es sich hier ohne Zweifel handeln. Ihr Gesicht war so lieblich und so fein gezeichnet, als hätte ein überirdisches Wesen sie erschaffen. Ihre leuchtenden, goldblonden, langen Haare wehten beim Schweben sanft um ihren ganzen Körper, obwohl gar kein Wind wehte. Pure Feenmagie umgab sie. Sie war in ein langes, hellblaues Gewand gehüllt, ja, man konnte es nicht anders bezeichnen, es schien aus einer Art gewebtem Nebel zu bestehen. Ihre kleinen, nackten Füße waren nur manchmal darunter kurz zu sehen.
Elka lächelte das kleine, geflügelte Wesen herzlich an und hielt beide Hände auf, worauf es sich langsam in ihre Hände sinken ließ und sich darin einkuschelte.

Als das Schwirren aufhörte, weil es nicht mehr erforderlich war, wurde es sofort wieder still um sie herum.
„Eiki, ich möchte dir meine beste Freundin Nayi vorstellen! Nayi ist eine Baumfee und ist mit ihren Kolleginnen für die Träume der Menschen zuständig – Nayi, das ist Eiki aus der Menschenwelt!"
„Oh, wir kennen uns schon, Eiki! – Aus deinem Rasierspiegel!", grinste Nayi und kicherte.
Die kleine Baumfee, die immer sehr direkt war, fragte lächelnd: „Ist Eiki dein Freund, Elka?" Elka wurde rot – ja, Elfen können auch rot werden. Ihre spitzen Ohren zuckten dabei, was immer ein Zeichen von Nervosität und emotionaler Erregung war. Damit verrieten sie sich bei Ihresgleichen und Baumfeen fast immer.
Die kleine Nayi setzte wieder ihre Flügel surrend in Gang und schwebte aus Elkas Hand hinauf zu Eikis Gesicht. Sie hielt es sanft mit ihren kleinen Händen, indem sie diese an Eikis Wangen legte. Eine Weile war sie ganz versunken in sich selbst, aber plötzlich strahlte sie wie eine kleine, warme Sonne und sagte leise, sehr leise:
„Ja, Eiki ist Elkas Freund!" Und noch leiser sagte sie, an Eiki gewandt: „Ich war schließlich schon oft in deinen Träumen, Freund von Elka!"
Danach sank sie wieder in Elkas Hände und begann zufrieden zu schnurren. Ja, das Schnurren hatten die Katzen in der Menschenwelt von den Baumfeen des Elfenreichs geschenkt bekommen. Und immer, wenn eine Katze in der Menschenwelt wie hypnotisiert auf eine bestimmte Stelle im Raum starrte, ohne dass dort etwas zu sehen war, konnte man sicher sein, dass sie gerade ein stilles Zwiegespräch mit einer Baumfee führte. Manchmal grinsten Katzen auch bei solchen Gesprächen, das ist mehrfach in der Literatur belegt.

Daher wären die Menschen gut beraten, besonders achtsam zu sein, wenn ihre Katze plötzlich grinst.
Nayi war sichtlich über alle Maßen zufrieden und Elkas Gesicht glühte, weil sie sich ertappt fühlte. Aber sie bedachte ihre Freundin mit einem ganz besonderen Elfenlächeln und streichelte ihr behutsam über den Rücken. Unserem Eiki wurde es jedenfalls ganz warm uns Herz.
„Wir sollten schlafen gehen", sagte Elka, „morgen müssen wir über Dinge reden, die du jetzt vor dem Schlafengehen ganz sicher nicht wissen willst, Eiki!"
Im Elfenreich konnte man sich überall, wo man nur wollte, zum Schlafen hinlegen, denn es war angenehm warm, auch nachts. Und der Boden passte sich dem Schläfer in wenigen Sekunden an. Er wurde weich und das Moos, das sich an der Stelle sofort ausbreitete, war das weichste Bett unter freiem Himmel, das man sich vorstellen konnte. Alle drei schliefen sofort ein. Die überall gegenwärtige Elfen- und Feenmagie sorgte zuverlässig dafür, dass keine schlimmen Träume den Schläfer ängstigen konnten. Und Nayi passte gut auf die Träume der beiden auf – sie war darin ja Profi.

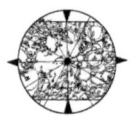

Das Licht

Die angenehm warme Sonne kitzelte Eiki wach. Er war ausgeruht wie schon lange nicht mehr und voller Energie und Tatendrang, doch er war allein. Elka und Nayi waren verschwunden. Er sah sich um. Das Tal, das schon in der Nacht so zauberhaft ausgesehen hatte, war nicht mehr wiederzuerkennen. Alles blühte in intensiven, bunten Farben. Das Grün der Wiesen, Sträucher und Bäume hatte fast etwas Phosphorizierendes – ein Grün, das man nur annähernd mit dem ersten, hellen Grün der Bäume im Frühling in der Menschenwelt vergleichen konnte. Die Farbenvielfalt war unglaublich. Und alles war voller Leben. Überall wuselte und schwirrte es. Schmetterlinge und andere recht große, aber nicht gefährlich aussehende Insekten sammelten Nahrung. Unten im kristallklaren See, der nun eine kobaltblaue Farbe hatte, tummelten sich Wassernymphen, und man hörte ihr Lachen, Kichern und ausgelassenes Rumalbern bis hier oben auf der Wiese. Wassernymphen galten in der einschlägigen Literatur als nymphomanisch, und es war nicht ungefährlich, sich ihnen zu nähern, wenn einem sein Seelenheil lieb war.
Eiki stand auf. Wohin sollte er sich wenden? Weiter unten sah er plötzlich Elka ein wenig ungehalten winken. Er lief zu ihr den Hang hinunter.
„Hey, Langschläfer!", scherzte sie, „wir müssen los – ich muss dir viel zeigen und erklären, die Zeit drängt!"
Elka hatte etwas in ihren Augen, das sich Eiki nicht erklären konnte. War es Besorgnis oder sogar Angst?

Elka nahm seine Hand und ging eiligen Schrittes mit ihm auf einen Waldrand zu, der nicht weit vom See entfernt ein größeres Waldgebiet begrenzte. Sie betraten den Wald auf einem mit weichem Moos bewachsenen, schmalen Pfad und Elka sagte: „Bitte betrete diesen Wald nur barfuß, Eiki – damit erweist du den kleinen Baumfeen eine große Ehre. Es ist ihr Wald, in den wir gehen, sie wohnen hier, weißt du. Lass deine Schuhe einfach hier, sie gehen nicht verloren."
Eiki fühlte das Gras und das weiche Moos unter seinen nackten Füßen, es war warm und einfach nur wundervoll. Er hatte das Gefühl, als wäre es ganz normal, überall barfuß zu sein. Langsam gewöhnte sich Eiki an das grüne Dämmerlicht des Waldes, und er erkannte, dass es in den großen, ausladenden Bäumen nur so wimmelte von golden leuchtenden Baumfeen, die geschäftig in dem Astwerk umherwuselten. Die beiden gingen näher auf einen sehr großen Baum zu und Elka verneigte sich. Als Eiki dies sah, tat er es ihr nach. Plötzlich schwebte die kleine Nayi surrend auf beide zu. Diesmal war Eiki es, der seine Hand öffnete. Nayi setze sich sofort auf seine Hand, schnurrte laut vor Behagen und sagte dann mit warmer Stimme:
„Guten Morgen, Freund von Elka, und guten Morgen, Freundin von Eiki!" Dabei strahlte sie wieder wie eine kleine Sonne. Doch plötzlich erlosch die Sonne in ihr, sie wurde fast übergangslos sehr ernst und sagte:
„Eiki, ich muss dir so viel sagen, damit du verstehst – und es ist so wichtig, dass du verstehst!". Sie mache eine lange Pause und sah Eiki fast flehend an, dann fuhr sie fort:
„Eiki, Freund von Elka, du weißt nicht, wer deine Freundin wirklich ist – wie könntest du auch? Sie ist

ein ganz besonderes Wesen – vielleicht das wichtigste Wesen in beiden Welten, und sie steht unter meinem ganz persönlichen Schutz. Wer unter dem Schutz einer Baumfee steht, dem kann niemals etwas Schlimmes zustoßen. Es gibt aber eine einzige Stunde im Jahr, in der mein Schutz nicht wirksam ist. Das ist die schlimmste Stunde für eine Elfe – für eine ganz besondere Elfe, die *Elfe der Morgendämmerung*. Elka ist die amtierende *Elfe der Morgendämmerung* und sie muss einmal im Jahr in der stillsten Stunde der Nacht, wenn unsere Welten für eine Stunde den Atem anhalten, ihre magische Kristallflöte spielen, damit beide Welten wieder ein Jahr lang bestehen dürfen. Das ist nicht so einfach, Eiki, Freund von Elka. Die *Elfe der Morgendämmerung* muss in der stillsten Stunde der Nacht die Menschenwelt anschauen, wie sie wirklich ist. Ihr bleibt nichts verborgen, das ist sehr grausam und sehr schön zugleich. Das Prinzip der Liebe muss immer überwiegen! Ist dies nicht mehr der Fall, kann die Elfe der Morgendämmerung frei entscheiden, ob sie ihre magische Kristallflöte spielt oder nicht. Das *Licht* hat ihr einst diese Flöte geschenkt. Wenn sie die Flöte nicht spielt, bleibt beiden Welten nur noch ein einziger Tag, dann zerbricht die Zeit. Zuvor stirbt die *Elfe der Morgendämmerung* direkt nach ihrer Entscheidung, die Flöte nicht zu spielen. Aber in ihrem Amt darf sie den Tod nicht scheuen, obwohl sie genau wie jedes andere Wesen voller Angst davor ist."
Nayi machte eine Pause und sah Eiki mit Tränen in den Augen an, weil sie das, was sie zu sagen hatte, sehr mitnahm. Eiki war sehr aufgewühlt in seiner Seele und musste seine andere Hand mit hinzunehmen, um Nayi weiter sicher halten zu können. Er sagte aber

kein Wort. Er wollte Nayi auf keinen Fall unterbrechen.
Nayi atmete schwer und tief ein und aus und fuhr fort: „Dann gibt es da noch die *Elfe der Zeit*, und sie ist tatsächlich die Zeit selbst. Wenn sie stirbt, und sie wird dann sterben, endet die Zeit – die Zeit zerbricht und alles wird enden. Es ist nicht so, dass alle Lebewesen beider Welten auf irgend eine schreckliche Art getötet werden – nein, so ist es nicht – sie hören nur auf zu existieren, es wird sie einfach nie gegeben haben, Eiki, wie ein misslungener Versuch, der einfach nur abgebrochen wird. Vielleicht wird irgendwann nach unvorstellbaren Ewigkeiten eine neue, bessere Welt entstehen können, denn das *Licht* kann nicht sterben – und das *Licht* ist nichts anderes als die Liebe selbst, die alle Wesen beseelt. Denn wer liebt, lebt, und wer nicht liebt, existiert auch nicht. So ist das ewige kosmische Gesetz und daran kann sich nie etwas ändern."
Eiki fröstelte bei diesen Worten bis tief in seinem Herzen. Nayi sah ihm nun direkt in die Augen und sagte:
„Und nun, Freund von Elka, kommst du in das große Spiel des Lebens! Wir Baumfeen sind viele Millionen, aber wir dürfen in dieser Stunde nicht einschreiten, um der *Elfe der Morgendämmerung* beizustehen – das kann nur ein Menschenwesen. Viele Menschen haben ihr schon beigestanden, und bisher ist immer alles gut gegangen. In diesem Jahr bist du der von Elka Auserwählte, aber diesmal ist vielerlei anders, Freund von Elka! Naja, du bist genau das, sogar unendlich viel mehr, und das war vorher noch niemand."
Nayi schwieg nun eine Weile, signalisierte Eiki, er möge sie weiter hochheben bis zu seinem Gesicht,

und flüsterte ihm so leise ins Ohr, dass wirklich nur er es hören konnte:
„Erschrecke jetzt nicht, Eiki, Freund von Elka, ich werde nun in deinen Kopf eindringen mit meinen Worten – nur du wirst sie hören können."
Nayi legte behutsam ihre winzigen Hände an Eikis Schläfen, sofort wurde Eiki von Wärme und einem goldenen Licht erfüllt und er konnte Nayi hören, obwohl sie ihre Lippen nicht bewegte:
„Erinnere dich an deinen Vollmond-Traum, Freund von Elka – ich habe ihn dir zu jedem Vollmond gesandt! Verzeih mir, dass ich dir damit Qualen bereitet habe, aber es war notwendig, damit du verstehst. Und damit du noch besser verstehst, wirst du mit Elka zusammen die Menschenwelt anschauen, wie sie wirklich ist, Freund von Elka."
Auch Eiki brauchte nicht laut zu reden, Nayi verstand ihn auf die gleiche Art, als er sagte:
„Aber Nayi, wie kann ich Elka beistehen in dieser schlimmen Stunde? Ja, ich liebe Elka über alles, und du bist das erste Wesen, dem ich das gestehe. Was kann ich tun, um sie zu schützen? Was nur!?"
Nayi war voller Trauer und Schmerz, als sie gedanklich übermittelte:
„Du kannst gar nichts tun, Freund von Elka, aber das soll Elka nicht wissen, sie leidet gerade Höllenqualen vor Angst. Die Anwesenheit eines Menschenwesens bei der Zeremonie ist aber notwendig, weil die Entscheidung der *Elfe der Morgendämmerung* beide Welten betrifft."
Dann sagte ihm Nayi etwas, was sie niemals hätte tun dürfen, denn die Entscheidung der *Elfe der Morgendämmerung* war unantastbar. Als sie Eiki das verbotene Wissen weitergab, leuchtete die kleine Sonne in

Nayi heller als je zuvor, obwohl sie wusste, dass sie gerade gegen alle Regeln verstoßen hatte. Aber sie konnte nicht anders, denn noch nie war es passiert, dass sich die Elfe der Morgendämmerung in ein Menschenwesen verliebt hatte. Das stellte alle Regeln in Frage, und Nayi war sich ganz sicher, das Richtige getan zu haben.

Bevor sich Nayi aus Eikis Gedanken zurückzog, sagte sie noch: *„Die Nacht der Elfe der Morgendämmerung* ist die kommende Nacht, Freund von Elka – lenke sie bis dahin ab, am besten gehst du im Kristallsee mit ihr schwimmen, dort ist sie immer sehr gern und dort wohnt auch noch eine gute Freundin von Elka." Dabei grinste Nayi schelmisch.

Eiki ließ die kleine Baumfee nun herunter und setzte sie behutsam in Elkas Händen ab, wo Nayi sofort laut zu schnurren begann.

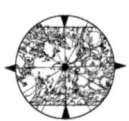

Nachdem sich Elka und Eiki von Nayi herzlich verabschiedet und sich nochmals vor dem großen Baum verbeugt hatten, gingen sie gemeinsam zurück zum Waldrand.

„Was hat Nayi dir gesagt?", fragte Elka neugierig und etwas blass im Gesicht. „Dass wir am See eine Freundin von dir besuchen sollten – ja, auch um dich etwas von der kommenden Nacht abzulenken", gestand Eiki wahrheitsgemäß, nur war es eben nicht die ganze Wahrheit. Er fühlte, dass Elka das ahnte, aber sie fragte nicht weiter, meinte nur lächelnd: „Naja, *am* See stimmt nicht ganz, Nayi meinte sicher *im* See!"

„Stimmt!", sagte Eiki ebenfalls lächelnd, obwohl er aus all dem noch nicht schlau wurde.

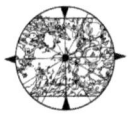

Marana

Das Wasser des Sees war das wundervollste Wasser, in dem Eiki jemals geschwommen war – warm und von angenehmer Weichheit. Elka hatte herzhaft gelacht, als sich Eiki am Ufer zierte sich auszuziehen. Zum Glück trug er Shorts drunter, die zur Not wassertauglich waren. Elka war schneller aus den Klamotten, als er schauen konnte. Als reise sie grundsätzlich mit einem neckischen Bikini darunter ins Elfenreich, war sie schnell und wendig wie ein Fisch in dem kristallklaren Wasser. Ihr Anblick machte Eiki völlig fertig – ihr Körper war perfekt. Als ihre schönen langen Haare nass waren, kamen ihre spitzen Ohren noch besser zur Geltung. Oh, Eiki liebte diese spitzen Ohren und ja, er liebte Elka!
Elka schwamm nah an ihn heran und sagte schelmisch:
„Nun wirst du völlig untergehen, Eiki, und du wirst rettungslos verloren sein!" Eiki dachte daran, mit Elka völlig in Liebe zu ertrinken, aber das meinte Elka nicht.
Da nahm Eiki einen Schatten dicht unter der Wasseroberfläche wahr und spürte, wie er an den Füßen gepackt und blitzschnell unter Wasser gezogen wurde. Er sank wie ein Stein in eine unendlich scheinende Tiefe, bis er auf dem Grund des Sees ankam. Dieser war eine wundervolle Landschaft aus weißem Sand, mit einer Vielfalt bunter Wasserpflanzen, und überall schwammen ganze Schwärme der schönen Leuchtfische, die er schon in der letzten Nacht vom Hügel aus beobachtet hatte. Auf dem weißen Sand lagen unzählige Edelsteine, die in allen Farben funkelten. Seltsam

war auch, dass er völlig klar sehen konnte in diesem Wasser, auch ohne Taucherbrille. Er war nicht allein, denn nun stand er dem Wesen gegenüber, das ihn so blitzartig unter Wasser gezogen hatte.
Eiki schwanden die Sinne, er stand oder, besser gesagt, schwebte einem Mädchen gegenüber, das der Schönheit von Elka um nichts nachstand. Ihre Haut hatte einen leicht bläulichen Farbton und ihre langen Haare, die ihr bis in die Kniekehlen reichten, waren kobaltblau und umwehten sie in einer kaum spürbaren Wasserströmung. Langsam wurde der Blutsauerstoff bei Eiki knapp und er wollte auftauchen, doch das wunderschöne Wesen, eindeutig eine Wassernymphe, nahm Eiki in ihre Arme und küsste ihn lange und leidenschaftlich. Nach ein paar Sekunden, die die bisher aufregendsten seines Lebens waren, verlor Eiki das Bewusstsein. Sein letzter Gedankenfetzen war die Erkenntnis, nach einem solchen Kuss getrost sterben zu können. Denn das wäre niemals mehr zu steigern gewesen und ein perfekter letzter Moment in seinen nun zu Ende gehenden Leben. Der Blackout dauerte aber nur wenige Sekunden, dann stellte er überrascht fest, dass er noch lebte, unter Wasser atmen konnte und kurz darauf auch wieder sehen, kristallklar sogar. Was er sah, irritierte ihn allerdings maßlos. Auch Elka war hier unten. Ihre langen blonden, Haare wehten im Wasser zusammen mit den blauen Haaren der Wassernymphe und beide küssten sich wie von Sinnen. Wo war er hier nur gelandet? Dann kamen Elka und das andere traumhaft schöne Wesen auf ihn zu und grinsten beide breit. Auch die Sprache schien hier unten einwandfrei zu funktionieren, denn Elka sagte mit etwas gedämpfter Stimme: „Darf ich dir meine Freundin Marana vorstellen?!" Marana sagte mit einer

absolut verführerischen Stimme: „Hallo, Eiki, tut mir leid, dass ich dich einfach geküsst habe, aber ich hätte damit nicht länger warten können, weil dir die Luft ausging, Eiki. Mit dem Kuss einer Wassernymphe kannst du nämlich ganz normal unter Wasser weiteratmen. Zugegeben ist das etwas nymphomanisch, aber so sind wir Wassernymphen nun mal. Es ist eine ganz normale, häufig missverstandene Transaktion bei Wassernymphen. Ich habe dich mit dem Kuss nur schnell auf Kiemenatmung umgestellt – und ja, es hat Spaß gemacht! Und nochmal ja, ich freue mich dich kennenzulernen, Eiki!" An Elka gewandt, sagte Marana schlitzohrig: „Du leihst mir doch deinen Freund für einen paar Augenblicke!" Elka nickte Eiki irritiert zu. Marana ergriff Eikis Hand und in Windeseile verschwanden sie in den Weiten der Unterwasserwelt.

„Dieser See ist viel größer, als du denkst, Eiki!", sagte Marana. „Er ist so groß, wie wir beide es wollen, Eiki!" Sie schwammen auf einen kleinen Unterwasserwald zu bis zu einer mit Wassermoos bewachsenen Lichtung. Das Licht der Sonne war stark genug, den Moosfleck sanft in mildes Licht zu tauchen.

„Komm, leg dich zu mir", sagte Marana verführerisch zu dem total verdatterten Eiki. Marana trug eine Art Gewand aus, ja, man konnte es nur als ein Gewand aus flimmerndem Wasser bezeichnen, das eigentlich nichts und doch alles verbarg.

„Es ist nicht so, wie du denkst, Eiki. Ich könnte dich mit meiner Nymphenmagie auf ewig verzaubern und kein anderes weibliches Wesen würde dir noch irgend etwas bedeuten, aber das steht mir nicht zu, denn du bist der Freund der *Elfe der Morgendämmerung* und ich habe in deine Seele gesehen, Eiki – ja, das können Wassernymphen. Wir sind aus einem ganz anderen

Grunde hier. In der kommenden Nacht gibt es eine gefährliche Schutzlücke für Elka und du weißt sicher schon von Nayi, dass auch du sie nicht schützen kannst." Sie wartete kurz das Nicken von Eiki ab und fuhr fort:
„Es passiert ja auch nur etwas, wenn sie ihre Flöte nicht spielt, Eiki, aber von Jahr zu Jahr ist Elka die Entscheidung schwerer gefallen. Daher sind wir alle in großer Sorge um die Menschenwelt und das Elfenreich. Wir suchen alle nach einem Ausweg, obwohl es uns verboten ist. Die Menschen müssen unbedingt schnelle Auswege finden! Die Menschen könnten mit etwas Hilfsbereitschaft, Herzenswärme, Nächstenliebe und oft schon mit einem aufrichtigen, ehrlichen Lächeln wahrhaft eine andere Welt erschaffen. Wenn Menschen sich wirklich aufrichtig und freudig mit einem Lächeln begegnen, dann bringen sie sich nicht mehr gegenseitig um! Nayi beobachtet dich schon so lange und weiß mehr über dich, als du ahnst. Nayi hat schnell herausgefunden, dass du, Eiki, einer dieser Auswege sein könntest, weil du ein reines Herz hast und Elka aufrichtig liebst – und ich meine wahre Liebe, Eiki. Du kannst der Botschafter all dessen sein! Ja, und bei unseren geheimen Treffen haben Nayi und ich beschlossen, dir Dinge zu verraten, die wir dir niemals verraten dürften. Nayi hat dir ihren Teil des Wissens schon gegeben und nun folgt mein Teil! Bitte, vertrau mir jetzt, Eiki!"
Und mit diesen Worten küsste sie Eiki. Dabei wechselte etwas von Marana auf Eiki über – etwas, das größer war als Eikis Seele, größer als alles, was er je erlebt hatte. Worte waren dafür noch nicht erschaffen worden. Plötzlich verschwanden der kleine Wald und

die moosbewachsene Lichtung, und sie schwebten wieder neben Elka im warmen Wasser.
Elkas fragenden Blick beantwortete Marana nur mit den Worten: „Um Eiki würde dich jedes Wesen des Elfenreiches beneiden!" Und Elka wusste, wie ihre Freundin es meinte, und dass zwischen den beiden nichts Schlimmes passiert war, wagte aber nicht zu fragen, was in den wenigen Augenblicken wirklich geschehen war. Marana brachte die beiden nach oben an die Wasseroberfläche, wo die sofortige Rückverwandlung auf Lungenatmung einsetzte. Sie verabschiedeten sich sehr herzlich von Marana. Der Tag ging viel zu schnell zu Ende, die Nacht brach herein und Milliarden funkelnder Sterne überzogen den Himmel.

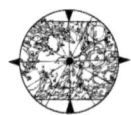

Zuvor in der Abenddämmerung begegneten sich Marana und Nayi am Ufer des leuchtenden Sees. Beide konnten nicht wissen, wie sich die *Elfe der Morgendämmerung* in dieser Nacht entscheiden würde. Es war etwas passiert, was bis dahin noch nie eingetreten war.
„Haben wir das Richtige getan?", fragte Marana Nayi, die auf ihrer Hand saß. Nayi sah Marana lange schweigend in die Augen, dann sagte sie leise:
„Ja, Marana, das haben wir!"
Die beiden hatten Eiki etwas gegeben. Dieses verbotene Wissen bewahrte Eiki wie einen Schatz in seinem Herzen. Er wusste nicht, was es wirklich bedeutete – noch nicht!

Die Dunkelheit

Elka trug das Gewand der *Elfe der Morgendämmerung* – ein Gewand, das in allen Regenbogenfarben schillerte. Sie kniete vor dem Großen Baum im Wald der Baumfeen und ging ein letztes Mal in sich. Sie verabschiedete sich danach von Nayi. Es ging sehr schnell – sie hätte es nicht ertragen, wenn es länger gedauert hätte. Sie stand auf und ging mit Eiki auf die kleine Lichtung, die für die Elfe der Morgendämmerung vorbereitet worden war. Die stillste Stunde der Nacht war angebrochen. Die Welt hielt für einen Moment den Atem an.
Elka und Eiki standen sich auf der kleinen Lichtung direkt gegenüber und ihre vier Handflächen berührten sich. Elka sagte leise: „Jetzt kommt das, was allen Schmerz, den du kennst, übertreffen wird. Wir werden uns gemeinsam deine Welt ansehen, Eiki, das wird der Preis sein!"
Mehr Zeit gab sie ihm nicht. Eiki sah plötzlich klare, grauenvolle Bilder von völlig sinnlosem Töten, von Hass, Gier und Neid. Er sah, dass Menschen anderen Menschen in Not nicht halfen. Er sah die systematische Ausrottung von Tieren, nur aus Habgier. Er sah die Herzlosigkeit der Menschen, und wie lieblos sie miteinander umgingen. Seine Seele schrie auf. Er kannte all diese Bilder aus dem Fernsehen, aber hier war er mitten drin – er erlebte alles selbst. Er sah das Blut, das in Fernsehbildern bewusst vermieden wurde. Er sah und spürte selbst in der eigenen Seele den Schmerz der Menschen, die einen geliebten Menschen verloren hatten. Als er einen Moment wieder Elka erblickte, wusste er, dass auch Elka diese Bilder sah.

Sie schrie, wie er noch nie ein Wesen hatte schreien hören, bis er merkte, dass dieses Schreien nicht aus ihrem Mund kam – sie war nicht mehr in der Lage, ihre Stimmbänder zu gebrauchen. Ihre Seele schrie! Ihre Handflächen lösten sich, die Bilder verblassten und Elka sank wimmernd zu Boden. Sie sah Eiki hilfesuchend aus riesigen, schreckgeweiteten Augen an und schrie mit brüchiger Stimme: „Warum könnt ihr nur zerstören und töten?! – Alles, was ihr berührt, stirbt! Auch die Liebe, die Güte, die Herzenswärme! Alle haben doch das Licht im Herzen, warum können so viele es nicht mehr fühlen?!"
Elka kniete nun auf dem Moosboden der Waldlichtung, ihre Tränen flossen lautlos über ihre Wangen und tropften auf Eikis Hände, der liebevoll ihr Gesicht hielt, und auch seine Seele schrie. Beide hatten Liebe und Güte gesehen, aber es reichte nicht – das wussten nun beide. Eiki überkam Angst – eine Angst, die seine Seele tatsächlich aufzufressen drohte. Er liebte Elka über alles und er wollte ihr sagen, dass er für sie sterben würde – sie sollte sein Leben nehmen für die schlimmen Taten der Menschen, die grauenvollen Zeugnisse der Menschheit. Aber seine Stimme versagte. Er schämte sich über alle Maßen, ein Mensch zu sein. Die Elfen kannten dies alles nicht, sie flossen über vor Liebe und Herzenswärme. Diese wundervollen, liebevollen Wesen würden auch sterben, wenn die Menschenwelt unterging.

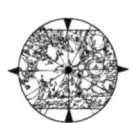

Dann begann wie in jedem Jahr das angenehme Summen und Raunen des *Großen Orchesters der Planeten und Sterne*. Dies war der Moment, in dem Elka ihre magische Flöte spielen musste, um die beiden Welten wieder für ein Jahr zu retten. Doch die Grenze war in diesem Jahr überschritten! Sie sah ihrem Eiki, den sie liebte wie ihr eigenes Leben, ein letztes Mal in die Augen und küsste ihn. „Wenigstens dieses eine Mal!", sagte sie danach unter Tränen, und ihr zierlicher Körper zitterte wie vor der eisigsten Kälte beider Welten zusammen.
Dann war ganz plötzlich Ruhe in ihre Seele eingekehrt, eine nie gekannte friedvolle Stille und vollkommene Gelassenheit. Ihre Seele hatte das *Licht* gesehen und alle Angst war verschwunden. Alles würde gut sein. Sie bedeutete Eiki, ein paar Schritte zurückzugehen.

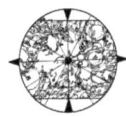

Elka kniete nun auf der Lichtung, statt wie sonst zu stehen, und hob auch nicht ihre Flöte, wie sonst im Ritual vorgesehen, an ihre Lippen, sondern hoch über ihren Kopf zum Himmel gerichtet.
Elka kniete auf der mondbeschienenen Lichtung im Wald der Baumfeen, blickte in den Himmel und hielt ihre magische Kristallflöte hoch über ihren Kopf in den Himmel, an dem viel mehr Sterne funkelten als sonst und hunderte von Sternschnuppen zogen. Der Sternenhimmel der Menschenwelt und die Sterne des Elfenreiches schienen sich am Himmel zu vereinigen. Jeder aus dem Elfenreich hatte schon in der Schule

gelernt, was diese Geste der *Elfe der Morgendämmerung* bedeutete, aber noch niemals hatte eine *Elfe der Morgendämmerung* diese Geste getan. In den Lehrbüchern stand auch, was die Elfe der Morgendämmerung bei dieser Geste sagen würde und genau in diesem Moment mit deutlicher, fester Stimme sagte:

>Was ich sah, war zu viel für meine Seele!
>Nimm meine Kristallflöte zurück!

Aber Elka hörte hier nicht, wie es das Ritual vorschrieb, auf zu reden, sondern fuhr, obwohl es verboten war, fort:

>Ich liebe alles, was lebt.
>Ich liebe auch die Menschen.
>Und ich liebe Eiki.
>Aber ich kann nicht anders.
>Warum hast DU es in meine
>unvollkommenen Hände gelegt?
>WARUM ?!

In der laut geschrieenen Frage lagen Verzweiflung, Hilflosigkeit und Wut, die nur allzu verständlich waren, denn Elka war voller Liebe, aber sie musste ihre Aufgabe erfüllen. In diesem Moment war sie das mutigste Wesen im ganzen Universum.
Plötzlich fegte eine gleißende Lichtsäule aus dem Himmel hernieder und hüllte unsere schöne Elka in goldenes Licht. Die Flöte wurde ihr sanft aus der Hand genommen, schwebte in diesem Licht aufwärts und verschwand. Dann erlosch die goldene Lichtsäule. Das *Licht* hatte aber noch etwas getan – es hatte ihre

Seele gesehen! Und diese Seele war das reinste und schönste, was das *Licht* je gesehen hatte.

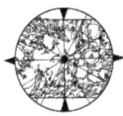

Elka stellte sich nun hin – sie war eine stolze Elfe, die so schön war und so reinen Herzens, dass das ganze Universum Tränen vergoss. Es begann goldene Tränen aus Licht zu regnen – Elka erwartete ihr Ende, das Ende der Menschenwelt und somit auch das Ende der Welt der Elfen. Tränen liefen über ihr schönes Gesicht – es waren die Perlen der Liebe.
Dann fiel sie – sanft wie Feenstaub – es war ganz leicht – sie sank wie in Zeitlupe zu Boden – sie war sofort tot.

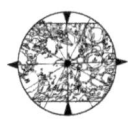

Sie wusste es sofort, und ein scharfes, glühendes Schwert schien ihre Seele zu durchbohren. Unten auf dem Grund des Kristallsees schrie eine nur noch aus Schmerz bestehende, abgrundtief entsetzte Wassernymphe so laut, dass es selbst einige schlafende Menschen in der weit entfernten und durch Dimensionen getrennten Menschenwelt hörten und wie zu Tode erschrocken aufhorchten. Hätten sie in die Augen von Marana blicken können, hätte sie der Schmerz darin auf der Stelle umgebracht. Das *Licht* war gnädig mit Marana, raubte ihr liebevoll für eine Weile das Bewusstsein und schützte ihre Seele damit vor größerem Schaden. Das *Licht* hätte Marana für ihr Vergehen gegen die kosmischen Gesetze töten müssen, weil sie an Eiki verbotenes Wissen weitergegeben hatte, aber das *Licht* konnte es nicht – jetzt nicht mehr. Es würde sowieso alles vergehen, weil die Zeit selbst zerbrechen würde.

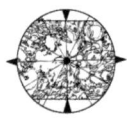

Das *Licht* sah die tote *Elfe der Morgendämmerung* auf der kleinen Lichtung liegen. Kleine, goldene Seelenfunken verließen gerade ihren ein wenig geöffneten Mund und schwebten empor, um zum *Licht* zurückzukehren. Aber noch jemand sah das *Licht* dort, es war Eiki, er hatte sie fallen und sterben sehen und war sofort zu ihr gelaufen. Er kniete neben ihr und tat, was ihm Nayi anvertraut hatte – er legte sein Handgelenk auf das ihre, so dass die Torschlüsselsymbole sich berührten. Ein warmes Gefühl durchströmte Eiki und er konnte nicht sagen, ob es etwas mit Elfenmagie zu tun hatte oder einfach nur mit der Tatsache, dass Elkas Körper noch warm war. Eiki liefen die Tränen übers Gesicht, aber er fühlte sich nicht hilflos, er war völlig klar im Kopf und handelte wohl überlegt. Das war das geheime Wissen von Nayi und nun kam das, was ihm Marana mitgegeben hatte: Eiki konnte die kleinen, goldenen Funken sehen, die Elkas Mund langsam verließen und nach oben schwebten. Marana hatte ihm mit ihrem zweiten Kuss etwas übertragen, und er wusste, was er nun tun musste. Er küsste Elka und das, was er in sich trug – es war Liebe in reinster

Form – strömte in Elkas Mund und breitete sich in ihrem Körper aus. Es dauerte nur wenige Sekunden. Eiki wusste, dass es Elka nur einen winzigen Augenblick lang ins Leben zurückholen würde, aber das würde genügen, so hoffte er. Elka schlug die Augen auf und lächelte Eiki schwach an. Sie begriff, was geschehen war, und schickte ihren Eiki nun wirklich auf eine Reise, die er niemals mehr vergessen würde. Elka flüsterte mit letzter Kraft: „Mein treuer Freund, es tut mir unendlich leid, aber ich musste so handeln. Nur ein Menschenwesen kann zu ihr, aber nicht so, du wirst dafür sterben müssen. Tu genau, was ich jetzt sage, Eiki. – Spüre das *Licht* in deinem Herzen! – Jetzt!"
Sie legte Eiki mit letzter Kraft ihre nun heiße Hand auf sein Herz, das sofort aufhörte zu schlagen. Und Eiki spürte das *Licht*.

Er wurde auf eine Reise geschickt und für diese Art von Reise musste er seinen Körper zurücklassen – aber trotzdem nahm er eine sehr feinstoffliche Form seines Körpers mit. Er wusste von Nayi, dass er dort, wo er nun hinging, dem Wesen aus seinen schrecklichen Vollmondträumen begegnen würde, und es würde so real sein wie in seinen Vollmondträumen. Es würde Wirklichkeit werden, denn die Würfel waren gefallen. Das Gute in der Welt war nicht mehr genug und die *Elfe der Morgendämmerung* hatte eine Entscheidung getroffen. Wenn Elka ihre magische Kristallflöte trotzdem gespielt hätte, wäre das kommende

Jahr ein schlimmes, grausames und definitiv letztes Jahr der Menschheit geworden – das hatte sie nun aus Liebe verhindert. Eiki verstand all dies beim letzten Schlag seines liebenden Herzens und stürzte in tiefste Dunkelheit.

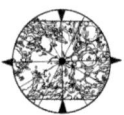

Die Zeit

Als Eiki wieder sehen konnte, hatte sich die Welt verändert. Es war nicht mehr Nacht, aber auch kein Tag. Dunkles Gewölk überzog den Himmel. Es war eiskalt, es regnete und stürmte. Er befand sich am Ufer des tiefen Sees, in dem einst Marana gewohnt hatte. Eiki wusste, dass in diesem See nichts mehr lebte. Die sonst so ruhige Wasseroberfläche, die im Mondlicht grün leuchtete, war nun tiefschwarz und Wellen rauschten mit dem Sturm ans steinige Ufer. Früher war hier weicher Moosboden mit wunderschönen Blumen und anderen Pflanzen, die einen betörenden, entspannenden Duft verströmten. Nun roch es nach Fäulnis und Moder.

Eiki kletterte über die Felsen, rutsche auf den nassen, glitschigen Steinen mehrfach aus und stürzte auch einige Male, wobei er sich blutige Hände holte, als er sich abstützen wollte. Die Felsen waren nicht nur glitschig, sondern auch sehr scharfkantig.

Als er um einen Felsen herumgeklettert war, entdeckte er dort auf dem Boden, halb an den Felsen gelehnt, eine Elfe, die einen so schlimmen Anblick bot, dass Eiki vor Schreck aufschrie. Sie war barfuß wie alle Elfen, hatte aber blutige Füße und schlimme, tiefe Schrammen überall, wo man Haut sehen konnte. Ihr Gewand war schmutzig und von Blutflecken übersät. Sie sah Eiki aus sehr großen, schreckgeweiteten Augen an. Eiki kniete neben ihr nieder und betrachtete sie.

„Diese Welt stirbt!", sprach die schöne Elfe unter Tränen und Schmerzen. Eiki hatte noch nie ein traurigeres Wesen mit so großer Hoffnungslosigkeit in den Augen gesehen.

„Wer bist du?", fragte Eiki, der von dem Anblick der schönen, sterbenden Elfe erschüttert war. Sie antwortete nicht sofort, sie war zu schwach. Der Anblick tat ihm körperlich und seelisch weh – er war voller ehrlichem Mitgefühl und wahrhaftig empfundener Liebe für dieses Wesen, wusste aber nicht, was er tun konnte, um ihr zu helfen. Er setze sich direkt neben sie und gab ihr aus seiner Wasserflasche zu trinken. Sie nahm dankbar einen kleinen Schluck des Quellwassers, das er gestern aus dem tiefen, kristallklaren See geschöpft hatte.

„Ich bin die *Zeit*", sagte die Elfe nun mit brüchiger Stimme und Eiki spürte, wie ihr Körper zu erschlaffen begann. Mit großer Mühe fuhr sie fort:

„Dies ist der Ort, an dem alles endet. Dies ist der Ort an dem man nur noch zurückblicken kann – nicht mehr nach vorn."

Das Leben wich immer mehr aus ihrem kleinen, zierlichen Körper und mit letzter Kraft flüsterte sie:

„Dies ist aber auch der Ort, an dem alles neu beginnt! – Was kannst du mir für einen neuen Anfang geben, Menschenwesen?"

Eikis Gedanken waren ein aufgewühltes Durcheinander. Was sollte er nur tun? Hier würde die Zeit enden, wenn diese Elfe starb! – für das Elfenreich und die Menschenwelt – hier und jetzt! Sie schien in seinen panischen Gedanken zu lesen und lächelte sanft.

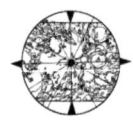

Die Rose

Eiki wusste plötzlich, was zu tun war! Er holte mit zitternden Fingern die rote Rose, die er aus der Menschenwelt eigentlich für Elka mitgebracht hatte, aus der Innentasche seiner Jacke, legte sie in die kleine Hand der sterbenden Elfe und sagte mit fester Stimme:
„Ich kann dir Hoffnung geben! – Ja, das kann ich!"
Die Elfe, die die *Zeit* selbst war, betrachtete die wunderschöne Rose. Vor Eikis innerem Auge erschienen die Worte, die auch in dem sehr alten Buch geschrieben standen, das einmal jenseits der Zeit geschrieben worden war:

*Elfen kennen
keine Rosen.*

*Sie sind zutiefst ergriffen
von der unermesslichen Schönheit
einer Rose.*

*Wenn aber Dornen
ihre Haut verletzen,
geschehen Dinge,
die nicht geschehen dürften.*

*Denn Elfenblut
ist das Blut der Zeit.*

Der Verfasser des sehr alten Buches musste alles gewusst haben! – Alles!

Die *Elfe der Zeit* war ganz versunken in die Betrachtung der Rose. Ihre kleinen, zitternden Hände bluteten von den spitzen Dornen der Rose. Die Blutstropfen liefen an ihren Handgelenken herunter, die Eiki sanft mit seinen Händen hielt, um sie zu stützen. Das Elfenblut lief auch über seine zerschundenen Hände und es schloss mit seinem Blut einen Bund, einen Bund der Menschen und der Elfen. Einen Bund der Hoffnung.

Plötzlich senkte sich von oben ein kleines, golden leuchtendes Wesen mit winzigen, schwirrenden Flügeln hernieder und sah Eiki und die *Elfe der Zeit* lächelnd an – es war die kleine Baumfee Nayi, die sich in Eikis geöffnete Hände legte und anfing behaglich zu schnurren.

Die *Elfe der Zeit* verwandelte sich in eine strahlende Schönheit, die keinerlei Verletzungen oder Anzeichen von Schwäche mehr aufwies. Auch die Landschaft war in wenigen Sekunden ein blühendes Paradies, bevölkert von allen Wesen des kleinen Volkes.

Die blutrote Rose erblühte immer schöner in den Händen der *Zeit*.

„Eine rote Rose ist in der Menschenwelt das Symbol der Liebe", sagte Eiki.

„Darf ich sie behalten?", fragte die Elfe der Zeit, die nun in einem langen Gewand, das in allen Farben leuchtete, vor ihm stand.

„Natürlich", sagte Eiki mit großer Wärme und voller Dankbarkeit.

Die Elfe der Zeit bedeutete Eiki, seine Hand zu öffnen, und öffnete auch ihre eigene. In ihrer Hand lagen viele kleine Zahnräder. Es waren Uhrenzahnräder. Sie ließ sie in Eikis Hand rieseln und sagte:

„Das ist das Symbol der *Zeit* für dich und alle, die die Botschaft verstehen. Ihr Menschen glaubt immer, für alles genügend Zeit zu haben. – Die habt ihr aber nicht! Diese Zahnräder sollen euch ständig daran erinnern! Sie sollen das Symbol der Liebe und des Lächelns sein, das ganze Tage verzaubern kann. Ihr müsst *jetzt* handeln, nicht irgendwann!

Die Elfe der Zeit kam ganz nah an Eiki heran und küsste Eiki sanft auf die Stirn.
„Und passe gut auf Elka auf! – Sie ist verletzlicher und gleichzeitig stärker und mächtiger, als du denkst, Eiki, sie ist nicht tot, wir beide haben soeben die Zeitlinie verändert wegen dieser Rose", sagte sie mit einem warmen, aber geheimnisvollen Lächeln.
„Und noch etwas!", sagt die *Elfe der Zeit* nun mit einem respektvollen Lächeln:
„Danke, dass du dein Buch geschrieben hast – das Buch der Hoffnung, der Liebe und des Lächelns!"
„Welches Buch?", fragte Eiki verständnislos und sah in das Gesicht der sich nun offensichtlich köstlich amüsierenden *Elfe der Zeit*.
„Ach ja …", sagte sie lachend und ein wenig betreten. „Als *Elfe der Zeit* kommt man manchmal etwas durcheinander. Du schreibst es noch, Eiki, glaub mir, du schreibst es dort, wohin ich dich nun sende und wo es noch geschrieben werden muss. Hier in dieser Sekunde hast du es schon geschrieben, denn hier bist du nicht mit deinem Körper und somit bist du nicht dem Strom der Zeit ausgesetzt! Du hast alles nur aufge-

schrieben, was du hier erlebt hast, und damit bist du der Botschafter, verstehst du das, Eiki? Und nun musst du dich beeilen, Eiki, Freund von Elka, denn der Strom der Zeit lässt sich nun, da die Zeit nicht enden wird, nicht mehr aufhalten. Die Änderung der Zeitlinie wird in wenigen Augenblicken wirksam werden, und Nayi wird es gelingen, euch beide wiederzubeleben, und nach einem Tag und einer halben Nacht wird Elka ihre Flöte spielen, Eiki, glaube mir, sie wird sie spielen, weil es nun Hoffnung gibt, die du mir geschenkt hast! Aber dass sie die magische Flöte spielen wird, wirst du, wenn du erwachst, nicht mehr wissen, Eiki, Freund von Elka."
Die *Elfe der Zeit* berührte sanft, ja geradezu zärtlich Eikis Schläfen, und es wurde dunkel um ihn herum.

Die Hoffnung

Vor Eikis Augen tauchte die Elfenwelt einer neuen Gegenwart wieder auf – die Elfenwelt, in der ihm Elka plötzlich direkt gegenüber stand. Der Zeitstrahl hatte sich durch eine kleine, rote Rose verändert.
Nayi und einige ihrer Freundinnen umschwirrten ihre beiden Köpfe, lachten glockenhell und verbreiteten dabei ein warmes, goldenes Licht, das sie alle einhüllte. Elka hielt ihre Hand auf, Nayi kuschelte sich sofort hinein und gab ein schnurrendes Geräusch von sich. Bei Baumfeen und Katzen bedeutete es absolutes Wohlbehagen. Eiki wusste nur noch, dass etwas Unaussprechliches passiert war, und es fühlte sich richtig gut an. Noch war hier niemand zu Schaden gekommen. Er hatte der *Elfe der Zeit* Hoffnung geschenkt, das wusste er genau.
„Du musst es den Menschen sagen, Eiki!", sagte Elka eindringlich und sah ihm direkt in die Augen.
„Aber wie soll ich das denn machen? Ich kann nicht die Welt retten – niemand kann das allein!", sagte Eiki hilflos.
„Das brauchst du auch nicht allein zu tun, Eiki – es kann nur jeder für sich tun – im Rahmen seiner eigenen, bescheidenen Möglichkeiten, und wenn das jeder tut, ist das unermesslich viel. Schreibe alles, was du hier erlebt hast, auf für ein Buch und lasse es auf die Welt los! Kein Verlag wird es nehmen – verlege es einfach selbst! Glauben werden dir die Menschen natürlich kein Wort. Sie werden es für eine kleine, nette, erfundene Fantasy-Geschichte halten. Aber die Menschen sind auch nicht dumm – ganz und gar nicht. Sie sehnen sich nach Frieden, Wärme, Verständnis,

Licht, Liebe und – ja, nach Menschlichkeit – und sie werden nachdenken, Eiki, glaube mir. – Das werden sie, wenn sie es lesen! Und das Universum wird den Menschen alles vermehrt zurückschenken, was sie tun, und wichtig ist nur das, was sie tun. Es wird erst ganz langsam gehen, aber immer mehr Menschen werden dein Buch lesen, und der Elfenzauber, der in ihm steckt, wird seine Wirkung immer stärker entfalten! – Dafür dankt dir das kleine Volk und ich verneige mich tief vor dir!"
Und Elka tat es.
„Ob es gehen wird? – Ich meine, das mit dem Buch?" fragte Eiki und sah ihr direkt in die Augen.
„Du musst daran glauben, dass es geht", sagte sie nur leise.
Und Eiki tat es. Eiki schrieb das Buch. Er gab ihm den Titel *Elfenrose.* Das Cover zeigte das glutrot und golden leuchtende Symbol des Torschlüssels.

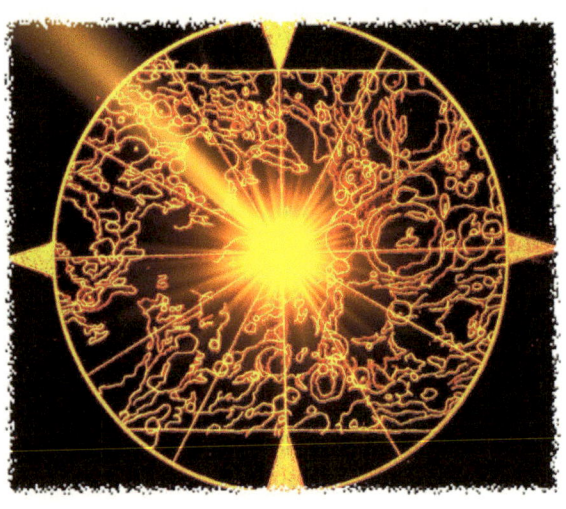

Freier Fall

Nun war die Zeit reif – für die bisher noch nicht geschehene Voraussage in dem sehr alten Buch, das einst jenseits der Zeit geschrieben wurde:

> *Und sieh niemals einer Elfe*
> *im Mondlicht in die Augen!*
> *Du fällst sonst hinein!*
>
> *Und findest nie mehr zurück!*

Elka hatte ihn nach ihrer Rückkehr nach Island in ihre gemütliche Wohnung über ihrem Laden mitgenommen.
Sie hatten zusammen einen wunderschönen Tag im warmen Wasser der *Blauen Lagune* verbracht und an der Poolbar einige *Lava-Explosion* getrunken.
Eigentlich bestand Elkas Wohnung neben einer winzigen Küche und einem Bad nur aus einem Raum, der vollgestopft war mit Figuren, Büchern und Bildern aus dem Elfenreich. In einem wunderschönen, mit Glas umrandeten Gehege, in dem eine Landschaft aus dem Elfenreich nachgebildet war, saß eine vollsüße Maus mit glänzendem, braunen Fell und hübschen schwarzen Knopfaugen und knabberte hingebungsvoll an einer Rosine, die sie in den Vorderpfötchen hielt.
„Das ist Luise!", sagte Elka zu Eiki, als dieser die Maus entdeckte und ganz entzückt von dem kleinen Tierchen war.

„Ja, sie ist süß, und das weiß sie auch!", grinste Elka übers ganze Gesicht. Über den Glaswänden des Geheges flimmerte ein grünlich leuchtendes Feld.
„Luise ist dort völlig sicher unter dem magischen Schutzschirm – vor ihm da!", grinste Elka und deutete auf Kater Igor, der gelangweilt auf der Fensterbank im Mondlicht lag, weil er genau wusste, dass er an die Maus in ihrem Gehege nicht rankam. Igor schnurrte nun sogar, denn auch er fühlte, dass dieses warme Zimmer die Heimat einer neuen Hoffnung war.

Überall brannten Kerzen und Öllampen. Niemand war bisher in Elkas Wohnung gewesen, und außer Eiki würde das auch in Zukunft niemand sein. In der Mitte des Raumes stand ein wirklich riesiges, rundes Bett – nein, eigentlich war es eher eine Landschaft aus weichen Kissen und kuscheligen Decken, die allesamt in warmen, erdigen Farben auf der riesigen Matratze lagen, die wiederum an die Konsistenz von weichem Moos erinnerte. Hier hätten zehn Elfen bequem schlafen können.
Eiki und Elka lagen auf diesem Bett. Elka war einfach nur von überirdischer Schönheit, die sich jeglicher rationalen Beschreibung entzieht. Die Worte dafür waren noch nicht erschaffen worden, daher versuchen wir es hier erst gar nicht. Nur so viel: Elkas Haut war makellos – überall. Außer dem Symbol des Torschlüssels trug sie kein anderes Tattoo.
„Ich bin übrigens immer noch heiß wie das Feuer der Hölle!", grinste Elka. „Aber du verbrennst dich nicht

mehr an mir! – Wer einmal drüben war, ist für immer geschützt."
Eiki grinste ebenfalls und sagte leise:
„Heiß bist du allerdings, kannst du auch noch die Elfenmagie ausschalten, die deine spitzen Ohren tarnt?"
Elka zwinkerte schelmisch und schon hatte sie diese wundervollen, langen, spitzen Ohren, an die er sich so gewöhnt hatte und auf die er voll stand. Dann küsste sie Eiki und nur Eiki konnte durch einen Elfenkuss nicht wahnsinnig werden – oder vielleicht doch?
Nach scheinbaren Ewigkeiten lächelte Elka ihn mit ihrem besonderen Elfenlächeln an.
„Und nun, mein Held, möchte ich meine Brille zurück!", schmunzelte Elka und nahm sie ihm einfach vorsichtig von den Augen. Eiki schloss die Augen nicht – er hatte keinerlei Angst mehr vor dem, was kommen würde. Durch ein riesiges Dachfenster schien der Mond auf die beiden. Eiki lag auf dem Rücken wie in weichem Moos. Elka setze sich einfach über ihn, so dass er nicht ausweichen konnte. Aber das wollte Eiki auch gar nicht. Elka hatte ihre Augen geschlossen, als sie sich vereinigten, und im perfektesten Augenblick aller Augenblicke sah sie ihn aus großen Elfenaugen an.[5] Sie sahen sich nun wahrhaftig – sie sahen die Schönheit ihrer Seelen.
In Elkas Augen funkelten alle Sterne des Universums und Eiki fiel hinein in ihre großen, unendlich tiefen Augen – er fiel ins Bodenlose und er genoss den freien Fall in vollen Zügen.
Er landete sanft und alles in ihm wurde hell. Jedes bisher auch noch so dunkle Zimmer seiner Seele war

---

[5] Hier sollten wir mit Effekt-Kontaktlinsen bei Elka arbeiten – unbedingt. Da gibt es fantastische Möglichkeiten! ;-)

plötzlich erfüllt mit goldenem Licht und mit Wärme – ja, mit grenzenloser, wahrer Liebe. Er war dort nach Ewigkeiten nicht mehr allein.

Als beide schliefen, schaute Nayi bei ihnen vorbei – in ihren Träumen, und sie war mit dem, was sie dort sah, sehr zufrieden!

Im Traum begegneten die beiden noch einmal der *Elfe der Zeit*, die ihnen noch zwei Sätze mit auf den Weg gab, und es waren und sind die letztlich alles sagenden Sätze mit allumfassender Gültigkeit in beiden Welten:

Liebe, wo immer du bist!
Wenn du nicht liebst - dann existierst du nicht!

Diese zwei Sätze bewahrten sie gut in ihren Herzen auf.

Im Traum verriet Elka ihrem Eiki ihren wahren Namen, denn sie kannte auch *seinen* wahren Namen.

Und eine Stunde vor der stillsten Stunde dar Nacht – das ist die Stunde vor der Morgendämmerung, in der alle Geräusche verstummen, wurden die beiden von Igor geweckt, der laut maunzend auf Elkas Bauch saß und sie aus glühenden Augen ansah. Ja, es gab noch Arbeit! Arbeit, die getan werden musste – Jetzt!

Das Orchester der Planeten und Sterne

Eiki und Elka standen auf und zogen sich warm an – die Nacht war sehr kalt. Eiki hatte plötzlich wieder Angst, denn er wusste, was nun getan werden musste. Elka nahm seine Hand und sie verließen Elkas warme Wohnung und das Haus. Sie gingen wortlos wie schon einmal hinüber zu Eikis Haus und den Hügel hinter dem Haus hinauf. Der Mond strahlte in voller Pracht. Sie standen sich auf dem Hügel nah gegenüber und sahen sich in die Augen.
„Bist du bereit?", fragte Elka ein wenig schelmisch und Eiki antwortete: „Mit dir jederzeit!" Dann legten sie ihre Handgelenke zärtlich aneinander und aktivierten damit die Torschlüssel.

Auf der anderen Seite war es schön warm und ein leichter, sanfter Wind hieß die beiden willkommen. Aber sie waren nicht allein, sondern wurden geradezu umzingelt von summenden, fröhlichen, goldleuchtenden Baumfeen, allen voran natürlich Nayi. Die Baumfeen geleiteten Elka, die *Elfe der Morgendämmerung*, und Eiki die leicht abfallende Wiese hinunter, vorbei am kristallklaren See, der in dieser Nacht besonders schön leuchtete. Marana, die sich durchaus einige Minuten mit einer Art Hybrid-Atmung an Land aufhalten konnte, begrüßte die beiden sehr herzlich, himmelte Eiki verführerisch an und seufzte dann tief. Ja, Wassernymphen waren tatsächlich manchmal etwas nymphoman, aber durchweg harmlos, wenn man

reinen Herzens war. Wassernymphen konnten direkt in die Seele eines Wesens blicken.
Nach wenigen Minuten erreichten sie den Wald der Baumfeen und den großen Baum darin.
Nayi schwebte vor Elka und Eiki in der Höhe ihrer Gesichter und sagte belustigt, nur um den beiden die Angst zu nehmen, die schon wieder Besitz von ihnen ergriffen hatte: „Bleibt mal locker, ihr beiden! Schlimmer als beim letzten Mal kann`s ja nun wirklich nicht werden!" Elka bekam von Nayi das schöne bunte Elfengewand und zog es an.
Elka kniete vor dem Baum nieder, bedankte sich bei der Natur, bei allem, was lebt, und bei dem *Licht,* das alles beseelt, und erbat vom Licht Mut und Kraft für ihre schwere Aufgabe. Das *Licht* sah und hörte alles.
Es war soweit. Kurz darauf standen sich Elka und Eiki auf der moosbewachsenen Lichtung gegenüber und legten wieder ihre vier Handflächen aneinander. Beide waren gefasst auf ihre Reise durch die Welt der Menschen und ihre Handflächen waren nass vom Schweiß in Erwartung unermesslichen Schmerzes.
Aber das *Licht* hatte alles gesehen und gehört und es hatte in die Seelen der beiden Wesen aus den so unterschiedlichen Welten geblickt. Statt Schmerz und Verzweiflung spürten die beiden nur Wärme und Liebe. Das *Licht* war überall, in jedem kleinsten Insekt, in allem, was lebt, und Elka und Eiki begannen von innen heraus zu strahlen – warmes, goldenes Licht, das sie schließlich ganz einhüllte. Beiden liefen Tränen des Glücks über die Wangen – kein Schmerz diesmal, nur liebevolles Angenommen-Sein, Gehalten-Sein inmitten des Lichts.
Nun fand Elka Worte – Worte, die beim Aussprechen erschaffen wurden – Worte, die eine *Elfe der Mor-*

gendämmerung niemals zuvor gesprochen hatte und niemals hätte sprechen können:
„Als ich tot war, kam das *Licht* zu mir, Eiki, und es nahm mich mit auf die Reise, die auch du erlebt hast. Ich konnte sehen und hören, was du und die Elfe der Zeit getan haben."
Eiki sah sie mit großen Augen an: „Was passiert hier gerade, Elka? – Wir müssen uns doch die Welt der Menschen ansehen, damit du deine Entscheidung treffen kannst!"
„Ich habe mich längst entschieden, Eiki", sagte Elka leise mit einem Lächeln, in das sich selbst Steine verliebt hätten, und sie fuhr fort:
„Heute bist nur DU meine kleine Welt, und für diese Welt werde ich meine Flöte spielen! DU hast der *Zeit* Hoffnung geschenkt und eine blutrote Rose. Eine solche Blume habe ich nie zuvor gesehen, Eiki. Eine Blume der Liebe – der wahren Liebe."
Plötzlich wurde es Eiki ganz warm in der Herzgegend und er wusste einfach, dass in seiner Jackentasche die kleine Rose war, die er Elka eigentlich schenken wollte, aber dann der Elfe der Zeit geschenkt hatte. Sie musste sie ihm irgendwie zurückgegeben haben, damit er sie seiner wahren Liebe schenken konnte. Er holte die kleine Rose, die seltsamerweise ganz frisch war, behutsam aus der Jacke. Dabei verletzte er sich leicht an den spitzen Dornen und ein Blutstropfen rann an seiner Hand herunter. Er reiche seiner wahren Liebe die Rose. Sie nahm sie und spürte den kleinen Schmerz gar nicht, als die Dornen ihre Haut ritzten und ein wenig Blut an ihrer Hand herunterrann. So sehr war sie versunken in die Betrachtung der für Elka überirdisch schönen Blume, die in ihren Händen aufblühte.

„Für Dich, meine wahre Liebe!", sagte Eiki leise, ihre Hände berührten sich und wieder schloss das Blut einen Bund und dieser Bund stand unter dem ganz besonderen Schutz des Lichtes.
Eiki trat wie schon einmal ein paar Schritte zurück, damit Elka, die immer noch die Rose bewunderte, ihre Aufgabe erfüllen konnte.

Sie wollte noch etwas sagen, aber plötzlich war es totenstill geworden. Die Welt hielt den Atem an – die stillste Stunde der Nacht war angebrochen.
Das Summen und Raunen des *Großen Orchesters der Sterne und Planeten* erklang lauter als je zuvor.
„Jetzt wird es ernst", sagte Elka selbst ziemlich erschrocken, stand auf, ging ein paar Schritte bis zum Mittelpunkt der kleinen Lichtung und sah hinauf in den Himmel, über den nun hunderte von Sternschnuppen zogen.
Langsam setzte sie die kleine Flöte an ihre Lippen und begann, die magische Melodie zu spielen, so klar und rein, dass die Sterne noch heller und strahlender funkelten. Kleine, blaugrüne Funken stiegen in Schwärmen aus der Erde, aus dem Gras, aus den Bäumen, aus uralten Steinen und umkreisten die schöne Elfe in einem atemberaubenden Reigen.
Weitere Instrumente stimmten mit ein, und nach einer Einleitung, die sagen wollte, dass nun alles in bester Ordnung und das Folgende nicht mehr aufzuhalten war, erhob das Große Himmelsorchester der Sterne

und Planeten, der Erd- und Himmelsgeister, der Wald- und Nebelgeister, der Geister der Lüfte und des Wassers eine energiegeladene, aus purer, blanker Lebensfreude bestehende Sinfonie, die niemand, der sie je vernommen hat, wird vergessen können.
Elka spielte die zauberhafte, fröhliche Melodie von ganzem Herzen und mit ganzer Seele.
Und nun muss ich mich als Verfasser zu Wort melden:
Meine sehr verehrten Leserinnen und Leser, meine lieben Freunde, die Sie mir bis hierher so treu und mutig gefolgt sind. Stellen Sie sich bitte für einen Moment vor, dies sei ein Film, den Sie gerade im Kino sehen:
Großaufnahme: Elka spielt hingebungsvoll ihre magische Flöte auf der Lichtung im Wald der Baumfeen.
Zoom out von *Groß nach Nah über Halbnah*, vielleicht bis *Halbtotal*. Und nun verwandelt sich ganz langsam das Bild in ein Synchronstudio, in dem Elka an gleicher Stelle im Bild steht. In diesem Studio spielt gerade ein Sinfonieorchester genau zu diesem Film den Soundtrack ein! Und Elka mittendrin! Aber auch Elka verwandelt sich mit dem Bildübergang in die andere Ebene. Sie trägt, langsam sichtbar werdend, normale Kleidung und hat auch keine spitzen Ohren mehr. Sie spielt aber weiterhin ihre Flöte. Niemand bemerkt sie wirklich, obwohl sie nicht unsichtbar ist. Ab und zu sind Ausschnitte von einzelnen Musikern zu sehen, wie sie ihre Instrumente spielen, natürlich auch vom Dirigenten in voller Aktion, und alle tragen als Kettchen, Anstecknadel oder Armband

eines dieser schönen Zahnrädchen.[6] Am Ende des wundervollen Soundtracks, den die Zuschauer ja am Anfang und in Variationen schon im Film gehört haben, verblasst Elka langsam schmunzelnd aus der Bildebene. Sie löst sich einfach auf, wie ein schöner Traum.

Lutz, der nette Dirigent, ist erstaunt, wie außergewöhnlich gut die Einspielung geworden ist, besonders die Flöte war heute so perfekt!

„Vielen Dank! – Sehr schön!", ertönt sein klassischer Satz, schon sein Markenzeichen, sehr aufrichtig, mit einem ehrlichen Lächeln.

Plötzlich wird die Studiotür aufgerissen und die echte Flötistin des Orchesters stürzt herein.

„Oh, Leute – tut mir echt leid, dass ich mich verspätet habe, aber ich habe auf der Autobahn lange im Stau gestanden!", sagt sie noch ganz außer Atem. Lutz bekommt große Augen, einige andere auch, und er sagt fassungslos, an seiner Wahrnehmung zweifelnd:

„Und wer um alles in der Welt hat so perfekt unsere Flöte gespielt?!"

Nun würde ich wohl noch hinzufügen wollen: Die „echte" Flötistin könnte die *Elfe der Zeit* natürlich ohne spitze Ohren und in „Zivilklamotten" sein. Ein kurzer Zwischenschnitt auf Elka, die nun wieder im Wald der Baumfeen ist und, mit entsprechender Kopfbewegung gespielt, tadelnd meint: „…immer diese *Zeit*!"

---

[6] …die findet man unter dem Suchbegriff „Steampunk" in großer Auswahl beim Onlinehändler Ihres Vertrauens im Internet… und sicher auch in gut sortierten Bastelgeschäften vor Ort…

Arnes

Viele, die später Eikis Buch gelesen haben und sich der Botschaft darin anschließen konnten, trugen an einer dünnen Kette oder an einem Lederband ein kleines Zahnrad, als Symbol für die Zeit, die ihnen auf der Welt gegeben war, die sie nun mit mehr Liebe, Güte und Menschlichkeit füllen würden. Von diesen Zahnrädern gab es genug, aber nicht unendlich viel Zeit.

Tage später liefen sie Eikis Vater Arnes über den Weg, der gerade die Frühstücksbrötchen eingekauft hatte. Als er Elka und Eiki miteinander ausgelassen lachen sah und erkannte, wie liebevoll die beiden miteinander umgingen, fragte er, geheimnisvoll lächelnd, an Eiki gewandt:
„Du hast es gefunden, nicht wahr, Eiki?!"
Eiki sah seinen Vater liebevoll an und sagte:
„Allerdings, Vater! – Und ich hatte es von Anfang an geahnt: Der Mond ist das Tor!"
Arnes lächelte nur versonnen und nickte den beiden wissend zu: „Oh ja, der Mond ist das Tor, Eiki, und man braucht einen Schlüssel dafür! Amundsen und Scott – hm ja, und natürlich der wichtigste, Shackleton!"
Eiki bekam große Augen. Ein ganzes Universum des Erkennens stürzte auf ihn ein. Und plötzlich wusste er, dass sein Vater auch schon drüben war und nicht nur das, er wusste, dass seine Mutter eine Elfe sein musste und wahrscheinlich drüben lebte. Dies erklärte die

geradezu unwiderstehliche Anziehungskraft, die in allem, was mit dem Elfenreich zu tun hatte, auf ihn wirkte. Denn in seinen Adern floss Elfenblut. Er hätte sonst niemals den leuchtenden Torschlüssel an Elkas Handgelenk sehen können. Es erklärte auch die vielen Lesungsreisen, die sein Vater angeblich unternahm und von denen er immer wie verjüngt und voller Ideen für neue Bücher zurückkehrte. Somit war auch eine Frage beantwortet, die Eiki damals oft beschäftigt hatte: die Frage, ob Elfen und Menschen kompatibel sind. Sie sind es eindeutig!
„Werde ich sie kennenlernen?", fragte er nur.
„Oh ja, mein Sohn, das wirst du – wir gehen alle zusammen heute Abend essen! Das *Elfenportal* hat im hinteren Bereich ein vorzügliches, kleines Restaurant mit hervorragender elfischer Küche!"

Die Schneeflocken fielen wie kleine Wattebäuschchen auf eine friedvolle Welt der Stille. Sie schienen bei der Berührung mit den Zweigen und Ästen leise und geheimnisvoll zu wispern. Dort, wo der Winterwind die Flocken vor sich herwirbelte und zu Schneewehen auftürmte, war das Wispern eindringlicher, drängender, aufgeregter. Nur ein geübtes Auge hätte sie bemerkt, die kleinen, wärmenden, goldenen Funken, die sich zwischen den Schneeflocken tummelten und sich mit ihnen zu unterhalten schienen. Von hier schwärmten sie aus zu den schlafenden und wachenden Menschen auf der ganzen Welt und senkten sich in ihre Herzen – es verursachte nur ein leichtes Kribbeln.

Viele merkten plötzlich, dass ein bescheidenes Lächeln, demjenigen, dem man dieses Lächeln schenkte, den ganzen Tag zur Freude machen konnte. Das für viele Überraschende war, dass die Welt zurücklächelte und man selbst einen wundervollen Tag hatte. Auch jemandem zu verzeihen oder in Not beizustehen, wenn die Hilfe auch noch so klein war, für den anderen war sie ganz groß. Die Welt würde sich immer mehr verwandeln, wenn wirklich alle nur ganz wenig dazu beitrugen und die, die es sich leisten konnten, noch ein wenig mehr taten.

Und im Pub *Elfenportal* in Island saßen an der Bar drei wunderschöne Elfen auf ihren Barhockern und seufzten fast gleichzeitig:

„Oh…, warum nur ist er nicht in *meine* Augen gefallen?" Sie schlürften, ihre Enttäuschung ertränkend, schon am Mittag einen *Lava-Explosion*.

Unmittelbar vor dem Abspann könnte Elka lächelnd die Rose der Kamera entgegenstrecken, um sie somit symbolisch allen Zuschauern zu schenken.

Auch Luise und Igor könnten noch einmal zusammen in die Kamera lächeln – schließlich geht es ja um das Lächeln, das nur ein Lächeln kostet. ☺

Die kleine Dame Luise - porträtiert von Annette Willsch
Eigentlich ist Luise auch gar keine richtige Maus, sondern eine elfische Spitzohrrüsselspringerin. Im Film muss sie dann von einer echt süßen, normalen Maus vertreten werden.

Vorgedanken zu einem Drehbuch

Es wurde darauf geachtet, dass die Geschichte grundsätzlich verfilmbar ist. Natürlich wird die Produktion beispielsweise für Nayi ein paar Scheine für Animation in die Hand nehmen müssen, aber Nayi ist ja auch telepathisch begabt, was die Animation vermutlich kostengünstiger macht, falls nötig. Und „*Maleficent*" muss es ja nicht gerade werden *schmunzel*, oder besser doch? Man wird ja noch träumen dürfen. Oh, ich liebe diesen Film und sehe ihn mir jeden Monat einmal an. So ganz ohne jegliche Computeranimation ist ja ein Fantasyfilm schon fast unglaubwürdig, ein paar märchenhafte und magische Effekte müssen schon sein. Auch da haben wir bereits Erfahrung – wirklich eindrucksvolle Spezialeffekte müssen nicht immer teuer sein. Sollte die Ausstattung in dem Punkt nicht ausreichend sein, haben wir für Nayi auch einen Plan B – wäre aber irgendwie schade.
Vieles wird vor Grün gemacht werden müssen, aber das dürfte keinerlei Problem darstellen. Selbst einem dezent animierten, ansonsten aber statischen Austauschhintergrund gegen Grün kann man heute absolut überzeugende Wirkung zuschreiben. Ich habe das in der Verfilmung von Otfried Preußlers Roman *Krabat* erlebt (Regie: Marco Kreuzpaintner). Die haben mit vorher aufgenommenen, qualitativ hochwertigen Fotos den Set fantastisch vergrößern können – ein wenig animierte Schneeflocken drauf und schon wirkt eine vom Frost erstarrte Winterwelt total real, wenn sie nicht zu lange steht. Mit relativ einfachen Mitteln wurden hier ganz erstaunliche Effekte erzeugt, die mir erst in der Version mit Audiokommentar des Regis-

seurs und des Kameramanns offenbar wurden und die mich im Film selbst absolut überzeugt haben! Es geht also! Für unsere Siamsarah-Verfilmung habe ich selbst Tage und Nächte am PC zugebracht und mit der Freeware GIMP animierte Effekte erzeugt mit tausenden von Einzelbildern, woraufhin jeder uns gefragt hat, wie wir das denn hinbekommen hätten – das hat nur Lebenszeit, aber kein Geld gekostet. Auch das glühende Torschlüssel-Symbol auf dem Cover dieses Buches ist mit ein paar Klicks, nachdem ich es von Hand zuvor selbst gezeichnet hatte, mit GIMP bearbeitet worden. Auch ist die Anzahl der Protagonisten in meiner Geschichte noch überschaubar, aber ausreichend: Elka, Eiki, Arnes, Nayi, Askja, die drei Elfen an der Bar, der Dirigent[7] und das Orchester und die Elfe der Zeit. Statisten brauchen wir nur in wenigen Szenen, zum Beispiel in dem Pub, wo Eiki Elka endlich näher kennenlernt, aber die brauchen keine besonderen Kostüme. Wir benötigen also keine hunderte von Elfengewändern oder solche anfertigen zu lassen – doch ein Gewand ist erforderlich, wenn Elka die *Elfe der Morgendämmerung* wird.

Die etwas schräge Wassernymphe Marana kann im Film, wenn nötig, als Handlungsstrang wegfallen[8], aber diese Wassernymphen-Nummer musste im Roman einfach sein! Marana ist in meinen Siamsarah-Romanen als beste Freundin von Siamsarah nicht mehr wegzudenken. Sie war sozusagen stärker als ich! Und so unmöglich wäre die Marana auch gar nicht von der Machbarkeit her. Ich denke da an die im wahrsten Sinne des Wortes zauberhafte Neuverfil-

---

[7] ... da haben wir schon eine Lösung!
[8] ... wäre aber sehr schade ☺

mung des Märchens von Hans Christian Andersen *Die kleine Meerjungfrau*. Die Undine wurde so unvergleichlich anrührend von Zoe Moore gespielt. Regie führte Irina Popow und ich habe nie eine einfühlsamere, aber auch konsequentere Regisseurin in einem Making-Off gesehen. Ich kann nur allen empfehlen, sich den Film einmal anzusehen – es ist wirklich keine verlorene Lebenszeit. Außerdem hat Marana keinen Fischschwanz, sondern zwei ganz normale Beine – nun ja, vielleicht ein wenig für die Unterwasserwelt optimiert.

Die benötigten Locations wären die traumhaften Landschaften auf Island, ein Pub, Elkas Wohnung mit dem großen, runden, landschaftsartigen Bett, Arnes Arbeitszimmer, Eikis Zimmer, ein Badezimmer, der Hügel hinter Eikis Haus, der Hang im Elfenreich mit See und Wald, der Elfenwald, die sterbende Welt am See, das Synchronstudio, wo das Orchester den Soundtrack einspielt – na, das brauchen wir ja sowieso, also kann da auch gleich die *Film-im-Film*-Szene gedreht werden. Lösungsvorschläge wären vorhanden.

In der Verfilmung meiner Geschichte *Siamsarah – die Elfe der Morgendämmerung* hatte mich Regisseur Robin Jähne überredet (schon aus Kostengründen, denn ich habe es ohne Gage gemacht), den nächtlichen Wanderer zu spielen, der quasi versehentlich nachts auf einer Wanderung, die er unternimmt, weil er nicht schlafen kann, einer waschechten Elfe begegnet. Das war eine unglaublich tolle und intensive Erfahrung. Robin hat das so perfekt gemacht, dass ich mich manchmal fühlte wie mitten in meinem eigenen Märchen, obwohl das ganze Team mit Kamera, Ton, Licht und Regie immer gegenwärtig war. Meine erste und einzige Rolle übrigens – ja es war megaspannend. Als erstes musste ich lernen, der Kamera nicht mit den Augen zu folgen, wenn beispielsweise selbige am Kamerakran montiert war und eine rasante Fahrt machte, um dann unmittelbar vor meinem Gesicht zum Stillstand zu kommen. Aber das hat man dann schnell drauf.

Als männlicher Held der Handlung eigne ich mich allerdings in dieser Geschichte keineswegs – nur als Vater von Eiki würde ich mich freiwillig auf die Besetzungsliste schreiben lassen, das gebe ich offen zu. Der hat nur ein paar Sätze – das bekomme ich, so glaube ich, ganz gut hin. Allerdings brauche ich dann wohl schon eine dezente Verjüngungskur durch die Maske.

Ein geschickter Schachzug von mir ist, wie ich finde, auch Island als Drehort für einige Szenen auszusuchen. Zum einen, weil es natürlich das Land der Elfen ist, und zum anderen, weil ich da gerne mal hin möchte! Der Beginn des Romans, der sehr genau die Natur mit ihren Gletschern, Geisieren, Vulkanen, blauen Eisblöcken und Wasserfällen beschreibt, kann eigentlich nur dort vor Ort gedreht werden. Zusammen mit dem Voice-over einer sonoren Erzählstimme könnten die behutsam gekürzten Seiten aus dem Kapitel *„Feuer und Eis"* ein unter die Haut gehendes Opening des Films sein. Hier wäre der Naturfilmer Robin Jähne derjenige, der dies mit der Kamera so einfangen könnte, dass es für den Film die erforderliche Dichte, Nähe und Eindringlichkeit bekommt. Er ist schon lange kein Unbekannter mehr. Mehrere Filmpreise zieren seine Regale. Auch ist er mit seiner Filmproduktion Zulieferer und Mitgestalter vieler Naturfilme für das Fernsehen und taucht in zahlreichen Abspannen bekannter

Natursendungen auf. Für die notwendigen Naturaufnahmen im Film würde ich nicht gern Kompromisse schließen wollen. Außerdem haben wir noch eine ganz besondere Idee, wie sich Elfen und Nymphen in der Menschenwelt fast unsichtbar machen können, aber das verraten wir noch nicht, denn die Idee hatte in dem Zusammenhang noch niemand. Robin wäre[9] genau der richtige Partner für das Projekt „Elfenrose". So, genug geträumt! Es gibt viel zu tun – setzen wir es um.

---

[9] Anmerkung nach Fertigstellung des Manuskripts:
Am 8.7.2016 haben Robin Jähne und ich in Detmold beschlossen, die *Elfenrose* erblühen zu lassen!☺ Es wird ein spannendes Projekt. Wir freuen uns riesig darauf. Wir werden Sie unter www.theo-gremme.de weiter über den Fortgang informieren (Menüpunkt ***Projekte***).

Danke

An erster Stelle danke ich meiner Frau Annette, die mich so manchen Abend entbehren musste, weil ich mich in meinem Arbeitszimmer verschanzt hatte um zu schreiben. Auch sonst hat sie geduldig ertragen, dass ich oft grüblerisch durch die Gegend rannte, immer mit einem Notizblock bewaffnet, egal wohin wir gingen. Außerdem verteilte ich überall im Haus kleine Zettel, Karteikarten und irgendwelche Schnipsel mit Ideen und Formulierungen fürs Buch.
Ich danke allen Leserinnen und Lesern, die mir bis hierher gefolgt sind und Lebenszeit darauf verwendet haben, dieses Buch zu lesen. Mal sehn, was noch daraus wird – ich bin auf jeden Fall sehr gespannt.
Infos zu weiteren Büchern, Lesungen und Projekten finden Sie unter:

www.theo-gremme.de

Eine kleine Episode zum Schluß

Es funktioniert tatsächlich mit dem Lächeln, das einen ganzen Tag verzaubern kann. Neulich fuhr ich wieder mal tanken an meiner Stammtankstelle.
Die Bedienung wechselt dort im Schichtdienst, weil es eine 24-Stunden-Tankstelle ist. Ich war vormittags dort. Ich war in dem Augenblick, als ich am Regal für die Süßigkeiten vorbei zur Kasse ging, der einzige Kunde. An der Kasse stand eine wirklich nur als vollsüß und megahübsch zu bezeichnende junge Frau, die mich genauso süß anlächelte, und man merkte, dass es kein aufgesetztes Lächeln war, sondern ehrlich gemeint. Ich sagte ebenfalls lächelnd:
„Ich hatte die magische Sieben!"
Sie darauf schmunzelnd:
„Ich weiß!"
Ich hatte ja schon erwähnt, dass sie echt süß war, und sie wusste, dass sie süß war. Sie sagte mit einem noch sonnigeren Lächeln:
„Noch was Süßes?!"
Es gab einen dieser magischen Schaltmomente, die einem wie eine Ewigkeit vorkommen, aber tatsächlich nur ein oder zwei Sekunden lang sind, bis sie begriff, was sie gesagt hatte, und ich, was ich gehört hatte. Plötzlich lachten wir beide auf die Zehntelsekunde genau gleichzeitig laut los – ein fröhliches, ehrliches, lautes Lachen.
Ich war ihr aber noch eine Antwort schuldig, der Dialog hätte sonst seinen Zauber verloren. Ich grinste schelmisch und sagte genau so ehrlich sonnig:

„Dann müsste ich jetzt SIE mitnehmen!" ☺[10]
Das zweite gemeinsame Lachen war fällig.
Mein Tag war von da an verzaubert – das Lächeln begleitete mich überall hin.
Also, es funktioniert und kostet nichts, nur ein Lachen oder Lächeln – mehr nicht und die Sonne scheint im Herzen. Probieren Sie das doch auch mal aus! Ganz gleich, ob sie das Lächeln schenken oder geschenkt bekommen, es macht gute Laune und baut Stress ab! Und die Welt lächelt sowas von zurück! ☺

---

[10] ... antworten Sie aber niemals mit drohenden Worten wie: „Hmm JAAA, dann nehme ich Dich jetzt mit!!!" ... Dann werden Sie vermutlich nicht den ganzen Tag lächeln, sondern weinen – vom Pfefferspray. ☺

Zeit wird erst spürbar, wenn sie stillsteht
Gedichte über perfekte Augenblicke

Entstanden sind diese Gedichte in einem Zeitraum von fast 30 Jahren. Gedichte sind für mich sehr kurze Geschichten, die in wenigen Zeilen alles zum Ausdruck bringen wollen und müssen, was sie zu sagen haben. Das ist manchmal ganz einfach und manchmal unendlich schwer. Einfach ist es in perfekten Augenblicken, in denen alles klar vor einem liegt. Diese Momente sind selten und daher sehr kostbar. Sehr schwer ist es, wenn es keine Worte gibt für das, was man sagen will. Ist aber nicht der Dichter Erschaffer von Worten?

ISBN: 9783738616156
Preis: 4,99 €
Paperback, 48 Seiten, Format 12 x 19 cm
Dieses Buch ist auch als e-book erhältlich zu einem Preis von 3,99 €
ISBN: 9783739278223
Mehr Infos unter: www.theo-gremme.de

Siamsarah und die Kristallflöte
Kurzgeschichten

Erfahren Sie, was die Welt in ihrem Innersten zusammenhält! In Fantasy-Geschichten ist das natürlich ganz anders, als Sie möglicherweise gedacht haben. Siamsarah, die Elfe der Morgendämmerung, hütet dieses schöne und schreckliche Geheimnis.
Eigentlich sollte es nur eine kleine Kurzgeschichte werden, aber die Gäste auf unseren Lesungen wollten, dass es weitergeht, und so sind im Laufe der Jahre diese elf Geschichten entstanden, die in keine Schublade passen.
Was Sie für dieses Buch brauchen: ein bequemes Sofa, nervenberuhigende Getränke und Sinn für teilweise megaschrägen Humor, Fantasie, aber auch hoffnungslose Romantik. Es wird spannend und tiefgründig, wenn Theo Gremme Sie in die Welt von Siamsarah und all den anderen Wesen ihres Elfenreiches entführt.

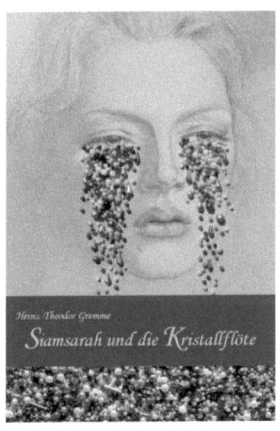

Das wunderschöne Buchcover erschuf die Künstlerin Natalija Usakova.

ISBN: 9783734752247
Preis: 9,99 €
Paperback, 280 Seiten, Format 12 x 19 cm
Dieses Buch ist auch als e-book erhältlich zu einem Preis von 7,99 €
ISBN: 9783738678932
Mehr Infos unter: www.theo-gremme.de

Traumgeister des Grenzlandes
Kurzgeschichten

Was Sie für dieses Buch brauchen: ein bequemes Sofa, nervenberuhigende Getränke und Sinn für teilweise megaschrägen Humor; Fantasie, aber auch hoffnungslose Romantik. Es wird spannend und tiefgründig, wenn Theo Gremme Sie in die Welt seiner Fantasy- und Schmunzelhorrorgeschichten, seiner Kurzkrimis und Liebesgeschichten entführt.

ISBN: 9783734768620
Preis: 9,99 €
Paperback, 144 Seiten, Format 12 x 19 cm
Dieses Buch ist auch als e-book erhältlich zu einem Preis von 7,99 €
ISBN: 9783738697308
Mehr Infos unter: www.theo-gremme.de

Siamsarah
Die Elfe der Morgendämmerung

Sie ist die Elfe der Morgendämmerung und muss einmal im Jahr ihre Flöte spielen, damit die Welt weiter in ihrem Innersten zusammen gehalten wird. Doch Siamsarahs Instrument ist zerbrochen, weil sie schreckliche Dinge in unserer Welt sah. Helfen könnte ihr nur ein Menschenwesen, wenn es dazu bereit wäre.
Diese spannende Fantasygeschichte von Theo Gremme wurde von Robin Jähne verfilmt. So entstand ein Genuss für alle Sinne.

45 Minuten
DVD: 14,00 €
BluRay/VHS: 19,00 €
Erhältlich bei: www.robinjaehne.de
Robin Jähne ist auch bei wikipedia

Ta`Saghi
Zeit wird erst spürbar, wenn sie stillsteht

Ein audiovisuelles Hörbuch von Robin Jähne nach einer Fantasy-Geschichte von Theo Gremme um eine alte indianische Legende.
Sie handelt von Liebe, Magie und dem Zauber, den Menschen seiner Bestimmung zu finden.
Kulisse ist die Natur um die einzigartige Felsgruppe der Externsteine in Ostwestfalen-Lippe.

40 Minuten
DVD: 12,00 €
Erhältlich bei: www.robinjaehne.de
Robin Jähne ist auch bei wikipedia